Tucholsky Wagner Zola Scott Sydow Freud Schlegel
Turgenev Wallace Fonatne
Twain Walther von der Vogelweide Fouqué Friedrich II. von Preußen
Weber Freiligrath Frey
Fechner Weiße Rose von Fallersleben Kant Ernst Frommel
Fichte Richthofen
Hölderlin
Engels Fielding Eichendorff Tacitus Dumas
Fehrs Faber Flaubert
Eliasberg Ebner Eschenbach
Feuerbach Maximilian I. von Habsburg Fock Zweig
Ewald Eliot Vergil
Goethe Elisabeth von Österreich London
Mendelssohn Balzac Shakespeare Dostojewski Ganghofer
Lichtenberg Rathenau Doyle Gjellerup
Trackl Stevenson Hambruch
Mommsen Tolstoi Lenz Droste-Hülshoff
Thoma Hanrieder
Dach von Arnim Hägele Hauff Humboldt
Verne
Karrillon Reuter Rousseau Hagen Hauptmann Gautier
Garschin
Defoe Baudelaire
Damaschke Hebbel
Descartes Hegel Kussmaul Herder
Wolfram von Eschenbach Schopenhauer Rilke George
Darwin Dickens
Bronner Melville Grimm Jerome Bebel Proust
Campe Horváth Aristoteles Voltaire Federer
Bismarck Vigny Barlach Heine Herodot
Gengenbach
Storm Casanova Tersteegen Grillparzer Georgy
Chamberlain Lessing Langbein Gilm Gryphius
Brentano Lafontaine
Strachwitz Claudius Schiller Kralik Iffland Sokrates
Schilling
Katharina II. von Rußland Bellamy Tschechow
Gerstäcker Raabe Gibbon
Löns Hesse Hoffmann Gogol Wilde Vulpius
Luther Heym Hofmannsthal Gleim
Roth Klee Hölty Morgenstern Goedicke
Heyse Klopstock Kleist
Luxemburg Puschkin Homer Mörike Musil
Machiavelli La Roche Horaz
Navarra Aurel Musset Kierkegaard Kraft Kraus Moltke
Nestroy Marie de France Lamprecht Kind Kirchhoff Hugo
Laotse Ipsen Liebknecht
Nietzsche Nansen Ringelnatz
Marx Lassalle Gorki Klett Leibniz
von Ossietzky May Lawrence Irving
vom Stein
Petalozzi Knigge
Platon Pückler Michelangelo Kafka
Sachs Poe Kock
Liebermann Korolenko
de Sade Praetorius Mistral Zetkin

Der Verlag tredition aus Hamburg veröffentlicht in der Reihe **TREDITION CLASSICS** Werke aus mehr als zwei Jahrtausenden. Diese waren zu einem Großteil vergriffen oder nur noch antiquarisch erhältlich.

Symbolfigur für **TREDITION CLASSICS** ist Johannes Gutenberg (1400 — 1468), der Erfinder des Buchdrucks mit Metalllettern und der Druckerpresse.

Mit der Buchreihe **TREDITION CLASSICS** verfolgt tredition das Ziel, tausende Klassiker der Weltliteratur verschiedener Sprachen wieder als gedruckte Bücher aufzulegen – und das weltweit!

Die Buchreihe dient zur Bewahrung der Literatur und Förderung der Kultur. Sie trägt so dazu bei, dass viele tausend Werke nicht in Vergessenheit geraten.

Der Verführer - Erzählungen

Frank Wedekind

Impressum

Autor: Frank Wedekind
Umschlagkonzept: toepferschumann, Berlin

Verlag: tredition GmbH, Hamburg
ISBN: 978-3-8424-1329-0
Printed in Germany

Ein böser Dämon

Es war Nachmittag.

Hinter dem Haus lag ein kleiner Garten; in dem Garten, von einem Kiesweg umgeben, ein runder Rasenplatz. Auf dem Rasenplatz standen zwei Apfelbäume in mittleren Jahren, mit schlanken, starken Stämmen und rundlichen Kronen. Dort, wo die Krone an den Stamm ansetzt, war an jedem das eine Ende einer Hängematte befestigt. In dieser Hängematte lag Beatrix und schlief.

Ihr Schlummer mochte ein verhältnismäßig tiefer sein, denn die Gartenpforte knarrte, und ein junger Mann in anständiger, wenn nicht eben eleganter Kleidung betrat den Rasen, ohne daß sie sich rührte. Es war Theodor Winter, ihr Jugendfreund. Als Nachbarskinder hatten sie miteinander gespielt, und wiewohl ihm das Mädchen im Alter um mehrere Jahre nachstand, hatte es sich doch in seiner Nähe stets behaglicher, unbefangener gefühlt als in irgend anderer Gesellschaft. Als Gymnasiast wußte er den muntern, verständigen Backfisch für seine Lektüre zu begeistern. Man las zusammen Schiller, dann Goethe und schließlich Shakespeare, im Winter neben dem warmen Ofen bei Beatrix' Eltern, im Sommer in dem kleinen Garten unter einem hohen Fliederbusch. Man las die Dichter in ihren unverkürzten Originalausgaben und ohne daß sich irgend jemand bemüßigt gefühlt hätte, die Lektüre zu überwachen, respektive bei ihrer Auswahl Zensur zu üben. Außerdem besprach Theodor mit seiner Freundin ihre jeweiligen Aufsatzthemata und korrigierte ihr die Konzepte. Als er zur Universität abging, um Medizin zu studieren, schwuren sie sich ewige Treue, und als er nach Ablauf von vier Semestern und nach Absolvierung seines ersten Examens in die Heimat zurückkehrte, verlobten sie sich. Obwohl dieser Ausgang leicht vorauszusehen gewesen, zeigten sich Beatrix' Eltern doch nicht sonderlich davon erbaut. Theodor Winter war bei all seinen Vorzügen ein armer Teufel, der aus Stipendien lebte, währenddem die reizende Beatrix als einzige Erbin eines nicht unbedeutenden Vermögens mit Leichtigkeit einen Rittergutsbesitzer oder was der Art bekommen haben würde. Um so erfreuter waren sie daher, als drei Jahre später, nachdem Theodor ein glänzendes Staatsexamen abgelegt, wider Erwarten noch durchaus keine Hochzeit in Aussicht genommen, ja selbst der Verlobung weiter nicht mehr Erwähnung getan wurde. Es hatte zweifelsohne ein kühler Wind über die Blütenflur der beiderseitigen Empfindung gefegt. Freilich, hätten Beatrix' Eltern geahnt, von wannen dieser kühle Wind gekommen, sie hätten sich schwerlich im geheimen mit solchem Wohlbehagen die Hände gerieben.

Auf der Universität zu München hatte Theodor einen jungen Mann kennengelernt und nach wiederholter Begegnung von Herzen liebgewonnen. Er hieß Kaspar Fridolin Sitterding und war Maler. Seine künstlerische Begabung trug einen ebenso liebenswürdigen Charakter wie seine ganze Person. Er malte Frühlings- und Herbststimmungen, die sich von den übrigen hundert und tausend ihrer Art durch nichts Außerordentliches unterschieden, ihnen aber auch in keiner Weise nachstanden. Was Theodor weit mehr fesselte, war sein überaus treuherziges Naturell, sein goldenes Gemüt und eine fast kindliche, unverwüstliche Heiterkeit. So schien Kaspar Fridolin Sitterding denn auch, wiewohl beinahe zehn Jahr älter als sein Freund, in seinem ganzen Wesen frischer, unberührter, wozu, außer dem großen blauen Auge, der Umstand nicht wenig beitragen mochte, daß sich in seinem freien Antlitz auch noch nicht der geringste Anflug von einem Barte bemerkbar machte. Als Theodor wenige Monate vor der Staatsprüfung seine Vaterstadt noch einmal besuchte, hatte er seinen Freund eingeladen, ihn zu begleiten; und als er ein halbes Jahr später als gemachter Mann denselben Weg antrat, war es dann jener gewesen, der ihn gebeten, er möchte ihn doch mitnehmen, da er in jener Gegend so ungemein dankbare Sujets entdeckt habe. So bekam Kaspar Fridolin Sitterding Beatrix zum zweitenmale zu sehen, und da konnte es nicht ausbleiben, daß beide die nahe Verwandtschaft ihrer Naturen herausfühlten. Sie wurden quasi gute Kameraden, und Theodor empfand aufrichtige Freude daran. Bei der außergewöhnlichen Schönheit des Mädchens war es auch nicht mehr als selbstverständlich, daß der Künstler und beiderseitige Freund darum bat, sie porträtieren zu dürfen, und so brach denn das Unheil über Theodor herein, bevor er noch Zeit gefunden, sich nur einigermaßen der kritischen Sachlage bewußt zu werden. Ja, er wohnte sogar mit dem lebhaftesten Interesse und Vergnügen den jeweiligen Sitzungen in Sitterdings bescheidenem Atelier bei, ohne zu ahnen, welch ein zerstörungslustiger Satan ihm in dem werdenden Bild auf der Leinwand mit jedem Pinselstrich ein Stück seines eben der Vollendung entgegenreifenden Lebensglückes hinwegwischte.

Und als ihm schließlich die Schuppen von den Augen fielen, war es längst zu spät. Er sah so klar, daß es ihn fast der Sehkraft beraubte, wie zwischen seiner Verlobten und seinem Freund ein unvergleichlich reicherer, regerer Gefühlsaustausch, ein mächtigerer Zusammenklang, ein innigeres Verständnis möglich war, als es jemals zwischen ihr und ihm selber obgewaltet. Er sah, wie es für ihn nichts zu retten, höchstens noch mehr einzubüßen gab. Er sah, wie es nur noch eine Frage der Zeit war, wann sich die beiden ihrer Liebe bewußt werden würden. Er sah mit alledem einen schaurigen Abgrund zwischen sich und Beatrix gähnen; und im verzweifelten Versuch, diesen Abgrund doch noch einigermaßen zu überbrücken, einer ausgesprochenen Feindschaft zum mindesten vorzubeugen, beschloß er nach dem denkbar fürchterlichsten Seelenkampf, selber zuerst das Losungswort auszusprechen, das Wort, das die Verhältnisse in ihrer wahren Gestalt erscheinen lassen sollte. Und noch hatte er es nicht über sich vermocht, seinen Entschluß auszuführen, als ihm Beatrix eines Tages schluchzend am Halse hing und ihn bei allem was heilig beschwor, ihr zu verzeihen; sie sei seiner unwürdig, er werde sicherlich eine Würdigere finden; übrigens sei er immer gut und verständig gewesen; er werde es auch jetzt sein; sie habe sich geirrt, sie habe allerdings geglaubt, ihn zu lieben; eigentlich habe sie ihn nur verehrt und hochgeschätzt, wie einen älteren Freund, etwa einen Onkel. Erst jetzt wisse sie, was Liebe sei; und er möchte doch um des Allmächtigen willen ihre Eltern nichts merken lassen, da sie die Verbindung mit Sitterding niemals zugeben würden, sie aber nicht von ihm lassen werde, und wolle man ihr mit glühenden Zangen das Fleisch vom Körper reißen. Was blieb Theodor anders übrig, als das Mädchen mit allen Mitteln zu beruhigen, ihr zu versichern, zu versprechen und zu beschwören, gut und verständig sein zu wollen. Zu gleicher Zeit hatte er die beste Gelegenheit, zu beobachten, wie sehr sich Beatrix in jüngster Zeit zu ihrem Vorteil verändert hatte. Aus ihren Blicken leuchtete ein nie zuvor von ihm bemerkter lichter Funke Genie, offenbar der Widerschein aus dem großen blauen Auge ihres neuen Geliebten.

Kaspar Fridolin Sitterding wollte, als nunmehr auch ihm gewaltsam die Augen geöffnet wurden, ohne weiteres aufpacken und abreisen. Augenscheinlich litt er Höllenqualen unter dem Bewußtsein des Verrates, den er an seinem besten Freunde verübt. Nachdem aber Theodor nach Erschöpfung seiner ganzen Beredsamkeit keine Worte mehr fand, ließ er sich doch noch glücklich vom Äußersten zurückhalten und versprach zu bleiben. So war nun alles wieder in Ordnung. Die Liebenden schwammen in einem Wonnemeer, eine Lustbarkeit löste die andere ab. Man unternahm gemeinsame Spaziergänge, Ausflüge, Wasserfahrten etc., und Theodor durfte niemals fehlen. Beide hatten ihn während der Katastrophe über alle Maßen liebgewonnen und sahen jetzt in seinem ernsten Wesen gewissermaßen ein solides Fundament, einen sicheren Schutz des eigenen leichtgefügten Glückes. Sein Ernst nahm zwar von Woche zu Woche zu, Theodor wurde bleicher, abgehärmter; aber das beachteten sie nicht, und er selber tröstete sich mit der festen Zuversicht, es werde seiner in soundsovielen Examinis bewährten Willensstärke schließlich doch auch noch gelingen, dieses an seiner Seele nagende Ungetüm zu erdrosseln.

Es gelang ihm nicht. Und als ihm die äußerste Not den Gedanken eingab, nun selber sein Bündel zu schnüren, besaß er zur Trennung bereits nicht mehr die nötige Kraft. Von nun ab begann in seinem Innern ein eigentlicher Zersetzungsprozeß. Der Zwiespalt zwischen der Rolle, die er übernommen, und seinen wahren Empfindungen zerfraß sein natürliches Gefühl, veschrob seine Begriffe und zerrüttete seine Gesundheit. Er schwankte fortwährend zwischen einer Untat gegen das Liebespaar und einem Verbrechen gegen sich selbst. Er lernte diese Art Gedanken liebgewinnen, er gefiel sich darin, und sie begleiteten ihn bei Tag wie bei Nacht. Vorbedingung dieses wüsten, unheimlichen Treibens war natürlich, daß er sich nach außen nicht das geringste merken ließ. Nur bisweilen verließ ihn momentan die Fassung, und dann erschien er launenhaft. Im allgemeinen hielt er sich aber strenger denn je an die ihm von Beatrix einmal aufgebürdete Verhaltungsmaßregel »gut und verständig«, wofür er sich dann freilich bei sich selber durch die absurdesten Rachepläne, durch die schauderhaftesten Phantasien um so gründlicher zu entschädigen suchte. Daß er darüber seine erst seit kurzem erworbene Praxis vollständig vernachlässigte, kümmerte ihn wenig, wiewohl dieser Umstand seinen übrigen Leiden auch noch die materielle Not hinzufügte. So war im Verlauf eines halben Jahres aus dem besten, dem solidesten, dem glücklichsten jungen Manne ein Ungeheuer, ein unberechenbarer böser Dämon geworden, wie er gemeingefährlicher in keinem Irrenhause gefangengehalten wird.

Kaspar Fridolin Sitterding hatte eine Kopie von Beatrix' Porträt nach München an die Kunstausstellung geschickt, wo das Bild sofort einen Käufer fand, ein Glück, das es nach dem einstimmigen Urteil aller nicht so begünstigten Aussteller mehr seinem Sujet als seinem Schöpfer verdankte. Die dafür ausgezahlte Summe setzte nun den Künstler in die Lage, einen langgehegten Wunsch zu realisieren, der unter gegebenen Verhältnissen auch ganz dazu angetan schien, die Möglichkeit einer ehelichen Verbindung mit Beatrix näherzurücken. Es handelte sich um eine italienische Reise. Daß Beatrix ihn begleitete, ging natürlich nicht, und so versprach man sich wöchentlich zwei- bis dreimal zu schreiben, wobei, da Beatrix' Eltern immer noch nichts merken durften, Theodor die Vermittlung der Korrespondenz besorgen sollte. Theodor unterzog sich dem Auftrag mit gewohnter Bereitwilligkeit. Obwohl die ganze Reise nur auf den Rest des Sommers und den kommenden Winter bis Neujahr berechnet war, kostete die Trennung Beatrix doch reichliche Tränen; und da war es nun wiederum Theodor, der dieselben durch alle nur denkbaren Trostworte trocknete, während Sitterding voll froher Zuversicht in die Zukunft blickte. Nach einer ausgelassenen Abschiedsfeier reiste er ab und fuhr in einer Tour bis Neapel, wo er drei Monate nach seiner Ankunft an der Cholera erkrankte und starb. In Theodor, dessen elender Zustand sich während dieser Zeit dank seinem Vermittleramt eher verschlimmert als verbessert hatte, richtete die Nachricht davon eine solche Verwirrung an, daß er nicht dazu kam, einen einzigen vernünftigen Gedanken zu fassen, sondern fortwährend lachte. Ganz dunkel schwebte ihm freilich das Bewußtsein vor, er müsse Beatrix schonen. Beatrix ahnte natürlich noch nichts. Sie hätte sonst wohl kaum am hellen Nachmittag so ruhig schlummernd im Garten in der Hängematte gelegen.

Theodor hatte sich, jedes Gespräch sorgfältig vermeidend, in einen Rohrstuhl zur Seite der Hängematte niedergelassen und Hut und Stock neben sich ins Gras gelegt. Mit unendlicher Gleichgültigkeit schweifte sein müdes Auge über die Schlummernde weg in unbegrenzte Ferne. In der Tiefe dieses Auges glomm es unstet düster wie ein einsames Irrlicht im nächtlichen Dunkel eines Waldgrundes.

Er schauderte zusammen und atmete auf. Ein in Briefform zusammengefaltetes schwarzgerändertes Papier, das er aus der Brieftasche gezogen, ließ er sich zwischen beiden Zeigefingerspitzen um seine Diagonale drehen. Es drehte sich schneller, wilder, und indem er dem Spiel zusah, mußte er lautlos lächeln. Dann glitt sein Blick von dem Papier auf die vor ihm ruhende Gestalt hinüber, glitt die schlanken Formen langsam auf und nieder und wieder zurück auf das Papier, und die starr geschlossenen Lippen lächelten nach wie vor.

Da plötzlich scheint ein Kampf in ihm zu entbrennen. Sein Gesicht beginnt in allen Muskeln zu zucken, fällt in raschem Wechsel aus einer Verzerrung in die andere. Wie eine Spindel schwirrt das Papier um seine Achse. Hastig fährt er mit dem Oberkörper nach vorn – sinkt aber sofort wieder in seine vorige Lage zurück und wird ruhig.

Er besinnt sich, schüttelt sich und steht im Begriff, das Blatt wieder einzustecken. Im nächsten Moment zuckt es zum zweitenmal in seinem blassen Antlitz auf, jählings grell wie der Blitz über einem Schlachtfelde. Und mit straff emporgezogenen Augenbrauen, den Mund mit den aufgeworfenen Lippen halb geöffnet, sich sachte, langsam, lauernd vornüberneigend, ängstlich den Atem anhaltend, schiebt er mit zitternden Fingern die auf feinstes italienisches Velinpapier gedruckte Todesanzeige seines Freundes behutsam, vorsichtig unter den zierlichen Brustlatz der weißen Spitzenschürze, die in vielen Falten über das rot und weiß gestreifte knappe Waschkleid des Mädchens herunterfließt. Nicht minder geräuschlos lehnt er sich wieder zurück. Ganz unverkennbar ist ihm ein Stein vom Herzen gefallen. Indem er sich eine Zigarre anzündet, fällt sein Blick von neuem auf die Schlummernde. Nicht ohne Wohlgefallen verweilt er jetzt bei dem tiefen Frieden in ihren kindlich harmlosen Zügen. Er betrachtet mit Interesse ihren zwar etwas großen, aber weichgeformten, süßgeschlossenen Mund, diese himmlisch helle

Stirne, die sanftgewölbten rosigen Lider mit den langen, dunkeln, schattigen Wimpern ...

»Grau in Grau! Grau in Grau. – Ich scheine keine Empfindung mehr zu besitzen für Licht und Schatten. Der Ekel an diesem eintönigen Quark hätte mich um den Verstand gebracht. Ich muß ihm Leben einflößen, ein wenig Witz, ein wenig Wallung. – Ich spiele hoch; aber heißt das hoch gespielt in solch erbärmlichen Zeiten? – Und darin ... ich kann ja den Einsatz noch zurückziehen. Hm, wenn ich ihn stehen ließe! – Ich ziehe ihn wieder zurück. – Feige Memme! Feige Memme! Feige Memme! Feige Memme! Feige Memme! Feige Memme! ...«

Da schlug Beatrix die Augen auf, deren blaue Sterne wie gebannt seinem Blicke begegneten. Der junge Mann parierte das Unerwartete kaltblütig mit der gelassensten Miene von der Welt; mit einemmal erschien er sogar abgespannt, gelangweilt. So spiegelte eine Schläfrigkeit die andere. Das Mädchen gähnte und war zu träge, seine schimmernden Zähnchen hinter der Hand zu bergen. Wohlig streckte es seine weichen Glieder, warf die der Schuhe entkleideten Füßchen übereinander, das Lockenköpfchen zur Seite, versuchte zu lächeln und gähnte wieder.

Kaum merklich schaukelte das luftige Ruhelager hin und her. In dem Apfelbaum Beatrix zu Häupten flogen zwitschernd zwei Sperlinge auf und verschwanden, in der klaren Luft sich verfolgend und überholend, jenseits der Gartenmauer.

Beatrix rieb sich die Augen.

»Ich danke dir, Theodor, daß du mich geweckt hast. Mir war eben, als habe mir jemand einen Schlag versetzt.«

Theodor hatte sich wieder in den Rohrstuhl gesetzt. Er schien allmählich ein wenig aufmerksam zu werden.

»Ja, ja, die gestörte Zirkulation, die unbequeme Haltung. Man sollte nie auf dem Rücken schlafen. Es ist in jeder Beziehung ungesund. Und dann noch mit dem Arm unter dem Kopf. Du kannst dir damit in der Tat einmal einen Herzschlag zuziehen, d.h. wenn du älter bist. – Was ich sagen wollte, auf deinen Dank, Beatrix, hab ich keinen Anspruch. Du weißt, ich würde mich niemals unterfangen haben, deine Ruhe zu stören. Ich wollte eben wieder gehen.«

»Und wohin wolltest du gehen?«

»Das weiß ich noch so genau nicht.«

»Dann bleib lieber, Theodor. Ist es nicht herrlich ruhig hier im Garten? Du kannst mir etwas erzählen oder vorlesen. Patienten wirst du ja doch wohl keine zu vernachlässigen haben? – Ach und was bringst du mir denn für Nachricht von ihm?«

Er lächelte. Diesmal war sein Lächeln das eines Kindes, das etwas weiß, was seine Geschwister noch nicht erfahren dürfen. Es stand ihm nicht übel, dieses harmlos geheimnisvolle Lächeln.

»Von welchem ›ihm‹, wenn man fragen darf?«

»Wenn du nur immer recht entsetzlich langweilig sein kannst!« Sie hatte sich ihm vollständig zugewendet und hing mit anmutiger Spannung an seinen Lippen. »O ich ahne, es muß etwas Erfreuliches, Überraschendes sein, daß du mich so lange betteln läßt. – Aber nun sprich doch, Theodor! Wie geht es ihm? Was macht sein großer ›Sonnenuntergang‹? Rückt er seiner Vollendung entgegen? Aber so rede doch! Was weißt du überhaupt Neues von unserem Freund?«

Theodor sah zu Boden und murmelte dumpf: »Ich weiß, daß er aufgehört hat mein Freund zu sein.«

Beatrix erschrak.

»... mein Freund zu sein, seitdem er der Deine geworden. Beatrix, was würdest du sagen, wenn ich jetzt einen Rückfall bekäme. – Fürchtest du dich überhaupt nicht bisweilen vor mir?«

»– Ach nein, Theodor, du bist ja mein guter Engel.«

»Gewissermaßen hast du darin recht, liebe Beatrix. Du meinst, ich sei eben längst gestorben, tot, eingesargt und begraben und walte jetzt als eine Art von Geist über euch beiden.«

Resigniert hatte sich Beatrix zur Seite gelegt.

»Ich frage dich nach etwas Neuem. Ob du nichts Neues von ihm weißt.«

Und in ihrem Unmut schlug sie nach einer Fliege. Das ungenierte Insekt hatte sich den Brustlatz ihrer Schürze zum Korso auserlesen.

Es summte davon, und die schlanke weiße Hand legte sich über den Gürtel.

»Allerdings weiß ich etwas Neues«, bemerkte Theodor hastig. Aber dann wurde er sofort wieder feierlich. Seine Stirnfalten traten hervor, das Auge schien sich unter die Brauen zu verkriechen. Seine Lippen bewegten sich, gaben aber keinen Laut mehr. Beatrix lachte hell auf.

»Ha, diese Grimassen! Nein, wo denkst du hin. Bei deiner eigenen Schülerin verfängt diese Tragik nicht. Aber nun sei vernünftig und gib mir seinen Brief. Du darfst ihn mir dann auch vorlesen. Es wird mir sonst wahrhaftig noch schwindlig vor Langerweile.«

»Bitte, bitte, Beatrix, habe Mitleid mit mir!«

Er sah sie plötzlich so traurig treuherzig an, als hätte sie ihn wirklich gekränkt. – »Denk dich doch nur einmal in meine Rolle, in die Rolle eines verliebten Sprachrohrs, einer schmachtenden Telegraphenstange. – Du weißt, wie das summt und brummt. Wenn du dein Ohr an eine Telegraphenstange legst. Glaub mir, so und noch viel ärger summt und brummt es nicht selten in meinem Innern. Du kannst es mir deshalb weiß Gott nicht verargen, wenn ich für meine Botschaft auch eine ganz bescheidene Belohnung beanspruche, weißt du, ein kleines Trinkgeld.«

»Dazu müßt ich in erster Linie den Wert deiner Botschaft ermessen können«, entgegnete Beatrix gelassen, parlamentarisch, ohne ihn anzusehn.

»Sie wird dir interessant sein!«

»Hast du wohl schon erlebt, daß mir eine Botschaft von ihm nicht interessanter gewesen wäre als die gesamte übrige Welt?«

»Ich meine ausnehmend interessant; wichtig; bedeutungsvoll.«

Das Mädchen zitterte und bebte vor freudiger Erwartung, als sich Theodor nachdenklich erhob, um mehrmals auf dem Rasen auf und nieder zu gehen. Er fühlte, er war um Weg und Steg gekommen. Er mußte sich erst wieder orientieren. Er hatte den Abgrund, an dessen Rand er promenierte, gänzlich aus den Augen verloren. Und er starrte hinunter und sagte sich: »Scheusal! – Scheusal!« – – »Feige Memme! – Feige Memme!« hallte es ihm aus der Tiefe entgegen.

Da war ihm plötzlich, als trete ihn eine nicht zu überwindende Versuchung an, die Versuchung, schnurstracks umzukehren und sich gut und verständig zu betragen wie ehedem. Aber dann packte ihn ein Ekel, ein Abscheu davor, wie wir ihn nur vor unserer eigenen Person zu fühlen imstande sind. Er verzog das Gesicht, als hätte er Galle geschluckt. Und es riß ihn mit tausend Stricken wieder zum Abgrund.

»Scheusal – Scheusal – Scheusal«, rief es in ihm. In seinem Innern wütete ein Massaker der widerstreitendsten Empfindungen, es war ein Niederwerfen und Abschlachten zwischen Geistern und Teufeln, die mit der erbarmungslosen Erbitterung eines Straßenkampfes um den Besitz der Feste rangen. »Scheusal!« und »Feige Memme!« figurierten hüben und drüben als Schlachtrufe.

Und dieses Massaker hauste schon nahe an drei Minuten, ohne daß Beatrix, die ihm mit befremdeten Blicken folgte, aus seinem Benehmen hätte klug werden können, als plötzlich gleichsam ein schlauer Detektiv in der Maske eines Volksmannes einen Laternenpfahl erkletterte, die weiße Fahne schwenkte und eine Rede hielt. Daraufhin zog männiglich die Patrone aus dem Lauf, riß die Kokarde vom Hut, nahm die Flinte auf den Rücken und trollte sich nach Hause.

»Nun, und was hast du mir für eine Belohnung ausgedacht?« fragte Theodor Winter, sich wiederum der Hängematte zuwendend.

Mit einemmal hatte sich nämlich der nüchternste Egoismus in seiner Seele breit gemacht. Beim Anblick des ihm wehrlos überantworteten, gewissermaßen testamentarisch zugefallenen reizenden Menschenkindes hatte sich die in seinem Innern schlummernde natürliche Begehrlichkeit nicht länger totschweigen lassen. Und er setzte seine ganze Denkkraft daran, wie sein unqualifizierter Vertrauensmißbrauch am besten wieder gutzumachen sei. Dabei empfand er eine Art von heldenhafter Genugtuung in dem Bewußtsein, die Versuchung, sich nur so für nichts und wieder nichts gut und verständig zu betragen, nun doch siegreich bestanden zu haben.

»Hör, Theodor, du bist heute die personifizierte Unverschämtheit«, erwiderte Beatrix, aufs höchste indigniert. »Gib mir jetzt meinen Brief heraus. Er ist mein Eigentum.«

»Und mein Botenlohn?« – Ganz allmählich wollte er sie vorberei-
ten, wollte ihr, wenn der Schmerz ihren Körper erschütterte, wie ein
Seelsorger zur Seite stehn und sie schließlich, nachdem der erste
Sturm vorüber, inbrünstig kniefällig um Verzeihung bitten.

»Dann laß mich wenigstens wissen, ob deine hochwichtige Botschaft denn auch eine erfreuliche ist«, sagte Beatrix, die sich kaum
mehr der Tränen zu erwehren vermochte.

»Was nennst du erfreulich, mein liebes Kind? – Für dich, für ihn
oder am Ende gar für meine Wenigkeit?«

»Ich dächte doch, für alle drei.«

»Und wenn ich mich nun genötigt sähe, mit einem eine Ausnahme zu machen?«

»O du Egoist! Das kann mir und meinem Fridolin doch vollkommen gleichgültig sein. Du verlangst ja doch deinen Lohn, du ge-
winnsüchtiger Wucherer. – Aber nein, Theodor«, fügte sie hinzu.
»Komm, sei artig! Laß jetzt diese heillose Geheimniskrämerei! Sag's
gerad heraus – hat er Glück gehabt?«

»Das hat er!«

»Gott im Himmel, wie dank ich dir!«

Beatrix richtete sich halb auf und holte tief Atem. Beide Arme in
die Maschen des Netzes zurückgestemmt, drängte sie ihren Oberkörper vor, als gedenke sie sich irgend jemand rückhaltlos an die
Brust zu werfen.

»Geliebter!« – Sie sprach, wiewohl sie ihrem hervorbrechenden
Herzensjubel keinerlei Zwang mehr auferlegte, dennoch mit wei-
cher Stimme, einzelne Worte sogar beinah im Flüsterton. »O Fridolin, wie wirst du von jetzt ab die Tage, die Stunden zählen! Wie
entfesselt wirst du dich fühlen, nun, da der Berg erklommen und du
als Gebieter in deinem Reiche, auf seinem Gipfel stehst! – O du
mein gottgesegnetes Sonntagskind! Hinter dir Erfolg über Erfolg,
eine goldene Stufenleiter; und vor dir das freudenreichste Lebens-
glück, das einem Sterblichen zuteil wird. O du mein Held, wie will
ich dich hätscheln, dich kosen, um dich in deinem Mut zu stärken.
Und wie glücklich will ich mich preisen, wenn es mir schließlich
vergönnt ist, dir auch nur eine Stufe auf der Himmelsleiter deines

Glückes zu sein! – – Schau, schau, ich kenne mich selbst nicht mehr. Die stolze Beatrix schwelgt in dem Gedanken, deine Sklavin zu werden. Ja sie lechzt gewissermaßen nach harter Bestrafung für jedes geringste Versehen in deinem Dienst. – Wie mochte das kommen? – O Theodor –« Beatrix wäre beinah erschrocken, als ihr Blick die Züge ihres Freundes streifte, – »und du so finster, so frostig? – Theodor, das ist doch nicht schön von dir.«

»Nicht schön von mir?« – Er warf den Kopf in den Nacken und starrte ihr ins Gesicht. Sie gewann unwillkürlich den Eindruck, als habe er eine Maske abgenommen und strecke ihr seinen nackten grinsenden Schädel entgegen.

Sie erbleichte. Es scheint ihm eben doch noch tiefer zu gehen, als er sich's merken läßt, dachte sie und sagte mit vor Schrecken bebender Stimme: »So war es ja nicht gemeint, mein armer guter Freund. Ich weiß wohl, du bist viel zu gut gegen uns. Wir haben das wahrlich nicht um dich verdient, ich am wenigsten. Aber ... nun du es ja doch verraten hast, lieber guter Theodor ... nun sag mir doch auch, worin das Glück eigentlich besteht, das ihm widerfahren ist.«

»Sein Glück besteht darin«, war die kalte und ruhige Antwort, »daß er seinem Lebensziele unvermutet näher steht denn je.«

»Fridolin hat einen Erfolg gehabt?« – Beatrix' Augen leuchteten. Sie schlug hell aufjauchzend die Hände zusammen. »O Theodor, verzeih mir! Verzeih mir! – Aber warum läßt du mich auch so lange betteln.«

»Ich gedachte es dir allmählich beizubringen. Du weißt, du hast nicht das kräftigste Nervensystem.«

»Daß du auch nie den Mediziner vergessen kannst! Aber das ist jetzt ja alles gleichgültig. Bring es mir in Gottesnamen allmählich bei. Nun, und was schreibt er also?«

»Und mein Botenlohn?«

»Auch jetzt noch? – Alles, alles, was du verlangst!«

»Dann möchte ich mir die Gnade ausbitten, dir den Fuß küssen zu dürfen.«

»Meinen Fuß?« – Beatrix brach in ein helles Lachen aus. »Bist du nicht bei Trost? – Höre, lieber Theodor, so kurios wie heute bist du mir noch nicht vorgekommen. Was hast du nur?«

»Eine Botschaft, erhabene Königin.«

»Freilich, mein süßer Hofnarr. Aber mir scheint, du findest Geschmack daran, deine Herrin auf die Folter zu spannen. Soll ich's dir mit Block und Halseisen vergelten, du übermütiger Schalk? – Sieh doch, wie ich schon zittre vor Aufregung. Und das nennt ein Mediziner die Nerven schonen!«

»Ich bitte um die allergnädigste Erlaubnis«, (er ließ sich nicht irre machen; er sprach so eintönig, als gält es, einen auswendig gelernten Gesangbuchvers zu rezitieren) »um die allergnädigste Erlaubnis, auf jedes dieser allerliebsten Füßchen, wie ich sie hier unbedeckt in der Hängematte ruhen sehe und wie sie kein Künstler der Welt, glaub mir, nicht einmal er, in so weichen, herrlichen Linien darzustellen vermöchte – um die Erlaubnis bitte ich, auf jedes derselben in aller Ehrfurcht und Anbetung meine Lippen pressen zu dürfen.«

»Und ich bitte Sie, Herr Doktor, sich derartige Liebhabereien zu ersparen, bis Sie bei Ihrer Tänzerin sind!«

»Beatrix!« –

Mit einem raschen Griff hatte sie den Saum ihres Kleides über das in seinen weißseidenen Strümpfen allerdings reizend schimmernde Zwillingspärchen geworfen. Theodor aber hatte in den drei Silben so rückhaltlos sein ganzes bodenloses Elend zum Ausdruck gebracht, daß Beatrix, aufs höchste betroffen, ihre Entgegnung sofort bereute.

Und was hatte er sich auch so Verabscheuungswürdiges herausgenommen? – Er war nun einmal nicht wie andere. Manchmal war er das reine Kind und mußte durchaus mit Nachsicht behandelt werden. Und hatte er selber sie, Beatrix, nicht auch von jeher mit der denkbar größten Nachsicht behandelt? – Weiche, herrliche Linien – allerdings eine Ausdrucksweise, um nichts weniger unverschämt als – hm, es war nun einmal nicht zu leugnen – als unbedingt zutreffend. Aber ... aber ...

Aber wie sie über solch reumütigen Gefühlen gesenkten Köpfchens langsam die Augen aufschlug, da begegnete ihr Blick einem
so heimlich, höhnisch überlegen triumphierenden Spott, daß sie
unwillkürlich – sich auf die rosigen Lippen biß und sich nicht das
geringste merken ließ. Oh, darauf hatte er gewartet. Er hatte sie
berechnet, hatte mit ihren heiligsten Empfindungen zu spielen gewagt. Oh, er kannte die Gewalt seiner Stimme, seiner Gebärden.
Wie oft mochte er beides schon erprobt haben! Ihr Mädchenstolz
bäumte sich auf bei diesen Erwägungen wie ein feuriger junger
Araber vor einem mißgestalteten Ungeheuer.

»Theodor! Mein guter Engel! Mein süßer, verschmitzter Hofnarr
du! Siehst du dort unten im Grase die Pantoffeln? Ja? Siehst du die
weichen, herrlichen Linien daran? Ach, Theodor, und erst diese
blitzenden Schnallen! – Theodor, die magst du küssen, soviel du
Lust hast!«

»Be – a – trix!«

Nein, zum Totlachen war es, wie feierlich, schauerlich, geradezu
erschreckend grausig er dieses Wort zum besten gab! Hu, und
welch ein Gesicht er dazu schnitt! Die reinste Leichenbittermiene! O
dieser Schauspieler! Nicht anders, als hätte er einen Todesfall zu
verkünden gehabt! Und das alles, alles – der eitle, eingebildete
Tropf! – alles um seiner frivolen Grille willen! – – Nein, nein, lieber
Freund; umsonst sind wir nicht jahrelang bei dir in die Schule gegangen. Wir können warten. Nein, jetzt bin ich dein ungeduldiges
Täubchen nicht mehr, das sich in seiner Verliebtheit nach Gefallen
gängeln und hänseln läßt. Jetzt bin ich deine erbittertste Feindin! –
O du neidischer, du lüsterner Satyr, wie will ich dich züchtigen für
diese Kränkung!

Und siehe, die Rachegöttin lächelte. – Lächelte so liebenswürdig,
so reu- und wehmütig, so verständnisinnig-geheimnisvoll-
vielsagend; dabei doch so unendlich zart, so kaum bemerkbar, ja
offenbar so ganz gegen ihren eignen Willen: ein Lächeln, bei dem
Mund und Auge bald spielen mit dem Schelm, der unaufhörlich
von einem zum anderen flattert. Ein Lächeln, bei dem das Auge
seine volle Größe, seine volle Klarheit bewahrt und das Weiß der
Zähne nur momentweise durch die dunkeln Lippen blitzt. Ein Lächeln, das, ehe sein Opfer einmal zur Besinnung kommt, mit queck-

silberhafter Behendigkeit ein halbes Hundert der feinsten Nuancierungen durchzittert – kurz, die Rachegöttin lächelte so allgewaltig, wie ein einundzwanzigjähriges, blauäugiges, blondlockiges, schlankgebautes und durch und durch von Glück erfülltes Mädchen nur lächeln kann. Und unter dem Saum des weiß und rot gestreiften Waschkleides lauschte, lugte es hervor, furchtsam, vorsichtig, aufmerksam – eine weiße Maus! Die Hängematte mußte irgendwie einen leisen Anstoß erhalten haben. Sie wiegte sich sachte, wie in Gedanken, von einer Seite zur andern ...

»Siehst du, Theodor? Und wenn du mir nun versprichst, ganz artig zu sein ... aber ganz artig! ... Theodor, willst du mir das versprechen? Ja? Auf Ehrenwort? – So, das ist brav von dir. Siehst du, wenn du mir das versprichst, dann darfst du mir auch beim Anziehen behülflich sein. Sie sind mir nämlich etwas zu eng; nur um eine Kleinigkeit. – Wie? Das sei nicht wahr? – O du putziges Schmeichelkätzchen! – Hm, du wirst es ja sehen. – Komm, knie her und walte deines Amtes! – Aber artig! Nicht wahr, Theodor; ganz, ganz artig sein! – Bilde dir ein, du seist ein kleines Mädchen.«

Und dieser Theodor war eben nichts weniger als ein heiliger Antonius Eremita. An der Strategie dieses kurzen Feldzuges ging sein bisheriges bißchen Selbstbeherrschung vollständig in die Brüche. Was Wunder! Seine besten Kräfte lagen erschlagen auf einem anderen Schlachtfelde, und so fiel er, ohne es zu merken, widerstandslos in die Gewalt seiner mächtigen Gegnerin.

Wie vor einem Heiligenbilde war er vor dem Mädchen zur Erde gesunken. Das besagte Schuhwerk hatte er hastig an sich gerissen und hielt es ängstlich zwischen beiden Händen, als wär es glühend oder aus Glas verfertigt und als fürchtete er, es mit täppischem Finger zu zerbrechen. Er staunte es an mit der vollen Andacht eines Reliquienverehrers. Und indem er sein möglichstes tat, die Erfüllung des Auftrages hinauszuschieben, genoß er mit der Umsicht, mit der Gründlichkeit eines Feinschmeckers, der sich schmerzlich bewußt ist, daß die Herrlichkeit in dem Augenblick ein Ende nimmt, wo der saftige Bissen über die gefühlvolle Zungenwurzel hinuntergleitet.

Beatrix saß aufrecht wie in einer Schaukel und bot dem vor ihr Knienden unbefangen ihre Füßchen dar. Theodor befand sich in der bemitleidenswertesten Verwirrung. Mehr als einmal blieb sein irrender Blick an den zwei silbernen, buntemaillierten Schmetterlingen haften, mit denen der obere Teil von Beatrix' Schürze am Kleid festgesteckt war. Aber die straffen Falten hoben und senkten sich dort so ruhig, so gleichmäßig, wie bei einer Schlafenden; und wie der blaue Himmel über die schöne Welt strahlte des Mädchens klares Auge darüber hernieder.

Und nun schien er den einen der beiden Füße bekleiden zu wollen. Doch nein; er zog den Pantoffel wieder zurück, wendete ihn um und betrachtete forschend die Innenseite ...

»Siehst du nun? Ich wußte, es werde seine Schwierigkeiten haben«, flüsterte die Siegerin.

Die Pantoffeln waren im Rokokostil gebaut. Eine spitz zulaufende Sohle; ein hoher, geschweifter Hacken, und nur die vordere Hälfte von flohbraunem Saffian überwölbt. Den Saffian schmückte eine blanke stählerne Schnalle. Da somit der hintere Teil nur aus Hacken und Sohle bestand, so konnte, ganz davon abgesehen, daß sich das Mädchen in der Tat eines kleinen Fußes erfreute, von »zu eng« im Traum nicht die Rede sein.

Mit losem Finger erfaßte Beatrix ihr Kleid dicht über dem Knie und zog es langsam so weit empor, daß der untere Saum zögernd die schmalen zartgebildeten Fußgelenke sichtbar werden ließ.

»Aber Theodor, worauf besinnst du dich eigentlich?« In ihrer Stimme klagte die liebenswürdigste Ungeduld. »Bist du denn wirklich zu gar nichts nütze? – Soll ich mein Mädchen kommen lassen? – Oder«, fügte sie mit dem mütterlich-milden Ausdruck einer Tizianschen Madonna in ihren ruhigen Zügen hinzu – »oder findest du den Botenlohn noch immer nicht hoch genug?«

Trübselig träumend schüttelte Theodor den Kopf.

»Nein, nein, Beatrix, du brauchst dein Mädchen nicht zu rufen. Glaub mir, auch zur Kammerzofe besitze ich Veranlagung. Was bin ich dir nicht alles schon gewesen! Zuerst dein Lehrer, wie du anerkennend hervorhebst; dann dein Bräutigam und schließlich dein Postillon d'amour. – Beatrix, du solltest deiner Kammerzofe den Abschied geben, damit meine Talente nicht verlorengehen.«

Und wiederum nähert sich der linke Pantoffel dem linken Fuß, zaghaft, schüchtern, wie der Tauber dem Täubchen. Kaum aber haben die bebenden Finger diesmal Ferse und Fußspitze berührt, als sie das Schuhwerk fallen lassen und der junge Mann den wehrlos Gefangenen inbrünstig an die Lippen preßt. – In demselben Augenblick jedoch fühlt er sich von dem freigebliebenen Rechten dergestalt vor die Brust getroffen, daß er jeden Halt verlierend rückwärts zu Boden taumelt. Während des Fallens tastet er noch nach dem neben ihm stehenden Rohrstuhl. Statt sich aber daran halten zu können, reißt er auch diesen zur Erde. Indessen wird ihm Nacht vor den Augen.

Und noch lag der verliebte Doktor der Länge nach im Grase – Beatrix hatte ihren Triumph nur durch ein kurzes verhaltenes Auflachen gefeiert –, da fand dasselbe in dem Hause, an das der Garten stieß, auch schon ein um so kräftigeres Echo. Es war, als hätte dort alles auf diesen Moment gewartet. In den hohen offenen Fenstern der Beletage lachen Beatrix' Eltern, daß ihnen das Wasser in den Augen glänzt. Im zweiten Stock lacht ein alter Oberst, dessen lange Pfeife an der Außenwand des Hauses fröhlich auf- und niedertanzt; zwei Fenster weiter lacht seine dicke Haushälterin. Offenbar hatten sämtliche Hausbewohner den Verlauf der Gartenszene seit einer Weile verfolgt. Dazwischen tönt aus höchster Höhe theatralisches Händeklatschen. Es kommt aus dem Dachstübchen eines jungen Musikanten, der für die hübsche Tochter seines Hausherrn von jeher eine stumme Verehrung gehegt; wogegen hinter den vergitterten Parterrefenstern ein Geräusch vernehmbar wird, als würden blecherne Pfannendeckel in begeistertem Rhythmus aneinandergeschlagen.

Und so lacht, klatscht und dröhnt es noch geraume Weile fort, als derjenige, dem die Verhöhnung gilt, bereits aufgesprungen ist und, ohne zuvor seinen schwarzen Rock von Erde und Staub zu reinigen, mit der Schnelligkeit eines ausgepfiffenen Komödianten dem Garten den Rücken gekehrt hat.

Die Siegerin saß regungslos wie eine Bildsäule. Dunkle Schamröte überflutete ihr Antlitz. Sie wagte kein Glied zu rühren.

Am Abend desselben Tages hatten sich Beatrix' Eltern eben zur Ruhe gelegt, als sie durch einen einmaligen, gellenden, markerschütternden Schrei emporgeschreckt wurden. Er kam nebenan aus dem Schlafgemach ihrer Tochter. Im Nachtgewand, wie sie waren, stürzten beide hinüber und fanden ihr Kind noch angekleidet, nur die Schürze vom Leib gerissen, bewußtlos auf dem Rücken am Boden liegen. Der niedliche blonde Lockenkopf hatte sich unnatürlich stark in den Nacken zurückgebogen, beinah als wäre er in den Fußboden eingesunken, so daß Hals und Kinn hoch emporgereckt erschienen; und da der Körper in der Richtung nach der Türe hin auf die Diele aufgeschlagen war, so fielen die entsetzten Blicke der Eltern direkt in ein total erstarrtes Antlitz, dessen Weiße mit den Linnen des zur Seite stehenden Bettes wetteiferte und dessen weitaufgerissene Augen nur noch in ihren inneren Winkeln je ein kleines Stück der tiefblauen Sterne sichtbar werden ließen. Die gute Mutter sank bei diesem grauenvollen Anblick nach wenigen Sekunden sprachlos ohnmächtig in die Knie.

Derweil hatte der Vater schon mehr denn zehnmal mit kläglicher Stimme den Namen seines Kindes und dazwischen noch lauter denjenigen der Kammerzofe gerufen, als sich Beatrix wirklich zu regen begann. Der Alte preßte ein »Gott sei gelobt« hervor, bemerkte aber bald, daß dieses langsame Sichdehnen des Körpers nicht sowohl eine Lösung des krankhaften Zustandes als vielmehr erst den eigentlichen Ausbruch einleitete. Die Glieder begannen zu zucken. Die Zuckungen wurden mit jedem Male heftiger. Die Augensterne verließen ihr Versteck und rollten zwischen den tränenden Wimpern umher, als suchten sie nach einem Ausweg. Darauf wurde der zarte Körper von einer Seite zur andern gerüttelt; das eben noch kalkweiße Gesicht und die zusammengekrampften Hände hatten sich plötzlich so blau gefärbt wie Kornblumen; Arme und Füße begannen sich wie gegen gewalttätige Angriffe zu wehren; aus den violetten Lippen trat dichter Schaum, und nun erfolgte ein Aufbäumen und Wälzen nach links, nach rechts, so daß der alte Mann nach vergeblichen Versuchen, die Bewegungen durch sanfte Gewalt zu hindern, schließlich alles daran setzen mußte, um nur wenigstens durch Hinwegräumen der nächststehenden Möbel sein Kind vor Verletzungen zu bewahren.

Sämtliche Hausbewohner in Schlafröcken, Unterkleidern, Nachtgewändern und Negligés hatten sich indessen vor der offenen Türe des engen Gemaches eingefunden, und die Zofe war zum Hausarzt gelaufen. Der Herr Doktor sei eben zu einem Patienten gerufen worden, müsse aber bald wieder zurück sein und werde dann gleich hingehen. Als sie sich wieder unten auf der Straße befand, fiel ihr ein, daß Herr Theodor Winter eigentlich auch ein praktischer Arzt sei; und sie eilte vor seine Wohnung und klingelte. Nach einer Weile öffnete sich ein Fenster des dritten Stocks, und das Mondlicht beleuchtete eine umfangreiche Nachthaube.

»Der Herr Doktor möchte doch so freundlich sein und so rasch wie möglich nach Luisenstraße 15 kommen.«

»Der Herr Doktor sind diesen Nachmittag überfahren worden und haben sich wahrscheinlich den Fuß gebrochen«, entgegnete eine verschlafene Altstimme. »Wir haben ihn ins Spital schaffen müssen. Luisenstraße 15 sagen Sie? – Warten Sie mal, wenn Sie so freundlich sein wollen.«

Die Nachthaube verschwand, und die Zofe suchte in der Eile nach besten Kräften soviel wie möglich zu kombinieren, bis ihr ein verschlossenes Billett vor die Füße fiel. Sie hob es auf und blickte am Haus empor.

»Nicht wahr, Sie sind schon so freundlich!« ließ sich die mondbestrahlte Nachthaube wieder vernehmen. »Es hätte schon heute abend bestellt werden sollen, aber mein Gott, all der Trubel mit dem Eis und den Dienstmännern. – Man kann auch nicht an alles denken. Angenehme Ruhe.« – Das Fenster klirrte, und der Mond badete sich in den Scheiben.

Da die Zofe nun keine Hilfe weiter mehr wußte, eilte sie, den Brief in der Hand, beklommenen Herzens nach Hause, wo sie die Verhältnisse tröstlicher antraf, als sie gefürchtet. Beatrix lag entkleidet, in Schweiß gebadet im Bette und schlief unter schweren Atemzügen. Auch ihre Mutter hatte sich dank den Hoffmannschen Tropfen einer Hausgenossin wieder erholt. Der Alte, nunmehr im Schlafrock, kauerte noch immer zitternd vor Aufregung in einem Lehnsessel. Er entriß der Zofe das Billett, ohne ihren Bericht abzuwarten, und da er sah, daß es an die Kranke adressiert war, erbrach er es mit bebender Hand. Er entzifferte mühsam folgende mit Bleistift gekritzelte Zeilen:

»Liebe Beatrix!

Das Strafgericht ist rascher über mich hereingebrochen, als einer von uns vermutet hätte. Bitte erschrick nicht, aber komm, wie Du gehst und stehst. Ich liege im Spital und erwarte Dich unter unsäglichem Bangen. Wenn Du nicht zu spät sein willst, so verweile Dich keine Sekunde. Der geringste Verzug könnte Deine Bemühungen zwecklos machen. Auch harrt Deiner noch eine wichtige Mitteilung. Ohne Aufschub also, ich beschwöre Dich, Beatrix. Die letzte Nachricht von Fridolin werd ich Dir dann ebenfalls einhändigen. Bedaure mich nicht. Verzeih mir. Noch eines. Wenn Du mir noch eine Freude bereiten willst, so komm in der Spitzenschürze, die Du heute trugst. Ich möchte Dich so gerne noch einmal darin vor mir sehen. Vergib mir.

Dein Theodor!«

Beatrix' Vater hatte diesen Brief eben zum fünftenmal aufmerksam durchgelesen, ohne sich noch das Geringste dabei denken zu können, als der Hausarzt erschien, welcher absolute Ruhe verordnete.

Erst nach zweieinhalb Jahren stellte sich bei Beatrix die erste Wiederholung des Anfalls ein.

Theodor Winter trug einen Klumpfuß davon. Er hinkte bis an sein Ende.

Flirt

»Man kann von allem, was Sie sagen, fünfzig Prozent abziehen, so bleibt immer noch einer der interessantesten Menschen, die ich je kennengelernt.«

»Man muß wenigstens dreimal soviel sagen, als wahr ist, denn mehr als die Hälfte glaubt einem doch kein vernünftiger Mensch.«

Tags darauf ging der Herr des Hauses für drei Wochen auf Reisen.

Als ich am nächsten Sonntag wieder hinausfuhr, fand ich meinen fünfzigprozentigen Freund mit verbundenen Augen. Mit seiner großen, fleischigen Rechten, die bis zu den Fingern vom Rockärmel bedeckt war, hielt er die schmale, zitternde Hand der ältesten Tochter umkrampft. Er suchte eine Stecknadel, die man unter den Nippsachen auf dem Kamin versteckt hatte.

Alma war noch nicht zwanzig. Sie malte, reagierte intensiv auf raffinierte Farbenzusammenstellungen und war hochgradig hysterisch.

Nachdem das Experiment mehrmals gelungen, wurde ich hypnotisiert. Dabei fiel Alma in Ohnmacht und mußte mit frischem Wasser begossen werden.

»Sie sollten nicht glauben«, sagte mein Freund auf der Rückfahrt zu mir, »daß ich keinen Tropfen deutschen Blutes in mir habe.«

»Sie sehen auch nicht darnach aus.«

»Ich bin Spanier.«

»Das glaube ich Ihnen. Ich gestehe Ihnen, daß ich mich nach unserer ersten Begegnung fragte, ob Sie nicht vielleicht jüdischer Abkunft wären.«

»Nein, ich bin Spanier.«

Wenige Tage später schickte er mir eine Einladung zum Abendbrot. Wir trafen uns nachmittags im Café. Wir schlenderten durch die endlosen Straßen, wobei er mich auf die Sehenswürdigkeiten der inneren Stadt, die gewaltigen Paläste in venezianischem und florentinischem Stil, aufmerksam machte, die mir noch völlig unbekannt waren. So oft wir uns in ein Café setzten, um einen Likör zu trinken, erzählte er mir von Alma. Gegen neun Uhr fanden wir uns mit einer Stunde Verspätung in seiner Wohnung zum Abendbrot ein.

Seine Frau empfing uns mit resigniertem Tadel. Er hatte mir gesagt, sie sei von polnischer Abkunft, eine geborene Fürstin Puslowska und bei den Herrenhutern in Sachsen erzogen. Daß sie in Sachsen erzogen war, schien mir nach den ersten Worten über jeden Zweifel erhaben.

Wir sprachen von Amerika. Er hatte eine Villa mit elektrischer Beleuchtung, fünfzig Schritt vom Urwald entfernt, bewohnt. Er zeigte mir die Pläne, die er selbst dazu entworfen. Beim Frühstück eines Morgens hatte er von seiner Veranda aus ein Elentier geschossen. Der Kopf des Tieres mit dem mächtigen, breiten Geweih hing ausgestopft über dem Kamin.

Als er wieder von Alma zu sprechen anfing, wurde seine Frau unruhig und klagte mir, daß sie seit vier Tagen von nichts als von dieser Alma sprechen höre.

»Ich glaube«, sagte ich, »gnädige Frau nehmen die Sache ernster als sie es verdient. Der Umstand, daß mein Freund davon spricht, könnte Ihnen doch schon zur vollkommensten Beruhigung dienen.«

Mein Freund gab sich indessen alle Mühe, uns davon zu überzeugen, daß seine Gefühle für Alma nicht Liebe wären. Es sei ein durchaus objektives Interesse, das Interesse des Physiologen, der eine Vivisektion vornehme.

Ich hatte den Geschmack an dieser Art Sophisterei während meines Aufenthaltes in Frankreich verlernt. Ich machte meinen Freund auf das Unritterliche seines Benehmens aufmerksam. Wenn er sich denn schon derart von einer Persönlichkeit beeindruckt fühle, daß er dem Bedürfnis nicht widerstehen könne, vier Tage lang von ihr zu sprechen, so möchte er ihr doch auch die Ehre antun, das Kind bei seinem wahren Namen zu nennen. Meinem Gefühl nach hätte er eine Genugtuung darin finden müssen, sich schuldig zu bekennen. Er machte mir mit seinen minutiösen Deduktionen den Eindruck eines Brandstifters, der heimlich Feuer anlegt und sich dann sachte davonschleicht. Die Zumutung, seinen Haarspaltereien moralischen Wert beizumessen, schien mir überdies eine Beleidigung der Zuhörerschaft.

Wiewohl ich Jude bin, wurde meine Situation etwas peinlich, als ihm seine Frau unter dem Druck ihrer Eifersucht seine jüdische Abstammung zum Vorwurf machte.

Gegen ein Uhr stand ich auf. Mein Freund wollte mich einige Schritte begleiten, ging dann aber, in Gedanken bei Alma, den ganzen zweistündigen Weg bis zu meiner Wohnung mit. Vor der Haustüre bat ich ihn, nun auch noch meine fünf Treppen zu steigen und auf meiner Stube einen Likör mit mir zu trinken.

Ich zündete vier Kerzen an, und wir tranken aus einem Glas.

Den Stoff zur Unterhaltung lieferte Alma. Wir waren darüber einig, daß sie nicht hübsch sei. Das mochte meinen Freund auch davon zurückschrecken, seine Gefühle einzugestehen. Darüber, daß Alma in meinen Freund verliebt war, herrschte weiter kein Zweifel. Er verstieg sich so weit, mir klarmachen zu wollen, daß er alles aufgeboten habe, um ihre Empfindungen im Keim zu ersticken.

Ich wurde erregt, ich schämte mich, ihm zu widersprechen, so unverschämt erschien er mir. Nach längerem Kampfe platzte ich los.

»Wenn man die Gefühle eines Mädchens«, sagte ich, »im Keim ersticken will, so zaubert man nicht den ganzen Abend mit ihr im Salon herum, so hält man ihre Hand nicht zwei Stunden lang in der seinigen, so versetzt man sie nicht in eine Aufregung, in der das arme Geschöpf nicht mehr weiß, wohin vor sich selbst entfliehen.«

Er schmunzelte innerlich befriedigt.

»Sie Nekromant!« rief ich, »Sie Magier! Sie Klingsor! Sie alter Zauberer! Sie Hypnotiseur!« – Und da ich einmal im Zug war: »Wissen Sie, daß Sie mit niemandem fünf Minuten über die Straße gehen können, ohne ihn anzulügen?«

Er fühlte sich augenscheinlich geschmeichelt. Er lächelte in das Glas hinein, das er an den Lippen hielt, und murmelte:

»So wie Sie hat mich noch niemand durchschaut.«

Ich knirschte in die Zähne. Vor drei Tagen hatte er mir, ohne daß ich im geringsten darnach gefragt, eröffnet, er sei siebenundzwanzig Jahre; und eine Straßenecke weiter, er habe als Gymnasiast die Tochter des berühmten Dichters Soundso verführt. Heute erfuhr ich aus der Unterhaltung, daß er hoch in den Dreißigern war und über die Tochter des berühmten Dichters Soundso weniger Bescheid wußte als seine Frau. Wozu dieses Fabulieren. Er war ein Mensch, der mit seinen achtunddreißig Jahren immer noch zehnmal mehr gesehen und erlebt hatte als andere mit fünfzig. Er hatte sich früh verheiratet, hatte dann in Amerika ein Abenteurerleben geführt, war unter Buffalo Bill mit gegen die Sioux gezogen, hatte ein Stück von Asien gesehen. Er verfügte über eine lückenlose Bildung, hatte eine gesunde Lebensauffassung. Warum begnügte er sich nicht damit?

Er sah mich lächelnd von der Seite an, als erwarte er noch mehr Komplimente.

»Wenn Sie wenigstens den Mut hätten«, sagte ich, »unmoralisch zu handeln. Dann ließe sich Ihr Betragen doch beurteilen. Dann bliebe einem die Achtung vor der Natur, wenn man sie vor dem Menschen verliert. – Dann fände das Mädchen vielleicht den Halt, der ihr jetzt abgeht. Ein zweites Mal überließe sie sich vielleicht nicht wieder so billig ihren Gefühlen. – Nichts als Geschwätz. Nichts als Komödie und Pose. Um sich die Zeit zu vertreiben, entblättern Sie das Mädchen und nehmen ihr die Kraft zu blühen.

Jetzt begann er zu jammern.

»Wenn man verheiratet ist. Wenn man zwei Kinder zu ernähren hat. Wenn jede edlere Regung durch die Arbeit ums tägliche Brot erstickt wird.«

Seine Einwürfe boten mir eine zu traurige Perspektive für unser Gespräch, als daß ich hätte darauf eingehen mögen. Wir kamen auf Alma zurück.

Als das Morgenlicht durch die Gardinenritze drang, begleitete ich ihn hinunter.

Vierzehn Tage ließ ich vergehen, bevor ich wieder hinausfuhr. Es war wieder Sonntag. Ich fand die Gartentür verschlossen und wollte schon umkehren, als das Mädchen aus dem Haus trat, um mir zu öffnen. Ich hatte die Klinke nicht richtig zu behandeln verstanden. Im Korridor stürzten die Jungens mir entgegen. Sie führten mich unter die blühenden Kirschbäume im Hintergarten.

Es war ein erdrückend schwüler Märztag. Uns zu Häupten schien sich das erste Gewitter zusammenziehen zu wollen.

Ich wunderte mich, daß sich außer den beiden Jungens niemand sehen ließ. Ich erkundigte mich nach Papa. Papa war von seiner Reise noch nicht zurückgekehrt. Er wurde erst zu Ende nächster Woche erwartet. Mama befand sich mit meinem Freunde seit zwei Stunden im Salon in einer sehr erregten Debatte, zu der außer Alma niemand zugelassen wurde.

Darauf beeilten sie sich, mir mitzuteilen, daß Alma in vergangner Nacht ein fürchterliches Bild gemalt habe. Das Sujet war: Der Geist des Menschen in den Klauen des Wahnsinns. Sie hatte bis morgens sechs Uhr daran gearbeitet und war mehr tot als lebendig zum Frühstück gekommen. Die beiden Gymnasiasten schilderten mir eben das Entsetzen, das das Bild bei Mama hervorgerufen, als Alma, schön wie eine Kalla, der es am nötigen Wasser fehlt, aus dem Gewächshaus trat.

»Würden gnädiges Fräulein mich Ihr Bild nicht vielleicht sehen lassen?«

»Nein. – Sie brauchen es nicht zu sehen.«

»Wenn ich Sie darum bitte.«

»Bin ich verpflichtet, Ihnen meine Bilder zu zeigen?«

»Verpflichtet nicht. Es wäre eine Liebenswürdigkeit, die ich zu schätzen wüßte.«

»Ich will aber nicht liebenswürdig gegen Sie sein.«

Ich überlegte mir, ob ich meinen Hut nehmen und gehen sollte. Einer ihrer Brüder fragte mich indessen, ob er das Schauergemälde herbringen solle. Ich bat ihn darum, indem ich an die schlaflos durchwachte Nacht dachte und es gern vermied, lächerlich zu werden. Er stürzte johlend ins Haus hinein und kam mit einer riesigen Kohlezeichnung zurück.

Das Bild überraschte mich durch seine Kühnheit. Ich trat sechs Schritte rückwärts. Ich sah ein Mädchen in weißer Gewandung, mit ausdrucksvollem Kopf und geschlossenen Augen auf mich zukommen. Die Gestalt war von vorn oben beleuchtet, Stirn, Schultern, Brust und Arme im grellsten Licht, während sich die untere Hälfte in der Dunkelheit verlor. Beim Anblick der prunkenden Formen sagte ich mir, daß ein nichts weniger als emanzipiertes, häuslich erzogenes, achtzehnjähriges Mädchen doch wohl nur unter dem Einfluß einer sie beherrschenden Leidenschaft so stark auftragen könne. Ich begriff das Entsetzen von Mama und sprach der Künstlerin meine Bewunderung aus.

Rechts hinter dem Kopf der Gestalt ließen sich einige verzerrte Teufelsfratzen in der Dunkelheit erkennen. Zwei lange dünne Arme mit gekrallten Fingern streckten sich nach ihrem in vollen Locken über die entblößten Schultern wallenden dunkeln Haar aus. Der ruhige, sichere Schritt der Nachtwandlerin ließ keinen Zweifel über die Art von Gefühlen, denen das Bild seine Entstehung verdankte. Diese Gefühle sprachen aus jeder Linie, besonders aus dem Ausdruck von Entschlossenheit und Zielbewußtsein, der in ihrem Schlummer Bedrohten. Die Komposition war jedenfalls auf den ersten Blick verständlich. Die Künstlerin zeigte sich weniger ungebärdig, als sie sah, welchen Eindruck ihr nächtliches Werk auf mich machte.

Der Gartentisch war gedeckt und der Kaffee aufgetragen worden. Indessen verging noch eine gute Stunde, bis die Mama erschien. Mein Freund folgte ihr mit gesenktem Haupt. Der Kaffee war kalt geworden. Mama war die Liebenswürdigkeit selber, nur noch ein wenig erregter als gewöhnlich. Sie hatten sich gezankt. Sie reichten sich die Hände zur Versöhnung und konstatierten lächelnd, Grobheiten ausgetauscht zu haben.

»Und Sie«, wandte sie sich zu mir, »sind auch nicht so harmlos, wie Sie sich gern den Anschein geben möchten.«

Ich verstand sie nicht.

»Ja ja. Ich hätte Ihnen das nicht zugetraut. Ich gestehe es Ihnen.«

»Erklären Sie mir bitte ...«

Sie lächelte. Sie wollte der Kinder wegen sich nicht aussprechen. Ich begriff das. Ich bezog ihre Bemerkung auf ein Buch von mir, das der Herr Papa vor ihr weggeschlossen und über das sie sich hergemacht hatte, sobald er auf Reisen gegangen war. Zuerst hatte es ihr gar nicht gefallen, dann hatte es ihr sehr gut gefallen, und nun hatte sie es schon zum viertenmal durchgelesen, wie mir mein fünfzigprozentiger Freund versicherte. Ich dachte, den Tadel ernst nehmen, das hieße zu plump nach Komplimenten fischen.

Der Nachmittag verlief in vollkommener Friedfertigkeit. Man spielte Lawntennis. Die Mädchen sprangen über das Seil, und sooft ich mich in einer Unterhaltung mit Fräulein Alma befand, gesellte sich mein Freund zu uns, nahm mir mein letztes Wort aus dem Mund weg, war in jeder Beziehung ganz meiner Ansicht und ersetzte mich bei ihr. Schließlich empfand man die hereinbrechende Kühle und beschloß, zum Abendbrot zu gehen. Als ich ins Eßzimmer trat, saß man schon bei Tisch, und ich hörte gerade noch, wie mein Freund, zu Mama gewandt, äußerte:

»Ich gestehe Ihnen, daß ich mich nach unserer ersten Begegnung fragte, ob Sie nicht vielleicht jüdischer Abkunft wären.«

»Nein, Sie irren sich. Ich versichere Sie, Sie irren sich. Ich kann die Juden nicht leiden.«

Darauf erging sie sich in schonungslosen Schmähungen, zitierte Beispiele von Auspressung, Heuchelei, von Wucher, Kindermord, Mangel an Noblesse, Undankbarkeit, und das Gespräch konzentrierte sich um die Frage, ob Christus Jude, Heide oder Christ gewesen sei.

»Du, Mama«, fiel Alma plötzlich mit funkelnden Augen ein, »hast doch am wenigsten Ursache, so über Juden zu sprechen.«

»Ich? Wieso!«

»Die du so viele Juden unter deinen Verwandten hast.«

»Ich hätte Juden unter meinen Verwandten?«

»Tante Alma, Tante Aurora, Onkel Paul ...«

»Aber sind denn die Juden? – Die sind doch nicht Juden.«

Mama warf ihr einen niederschmetternden Blick zu.

»Getaufte Juden.«

»Nun ja, dann sind es doch keine Juden. Sie sind doch getauft. Ich bitte dich sehr, liebes Kind, vorher ein wenig über das nachzudenken, was du sprichst.« Und zu meinem Freunde gewandt: »Wissen Sie, das finde ich nun auch nicht recht, sich taufen zu lassen. Wenn man einmal Jude ist, soll man auch den Mut haben, es einzugestehen. – Sie sind doch wohl Jude?«

»Nein. Ich bin Spanier.«

Gegen zwölf brachen wir auf. Mein Freund hatte seine beiden Kinder mitgebracht. Sie hatten sich den Nachmittag über im Garten getummelt und lagen seit drei Stunden eingeschlafen auf dem Diwan. Jeder von uns nahm eines auf den Arm. So bepackt erreichten wir noch den letzten Zug, als er sich schon in Bewegung gesetzt, und fuhren zur Stadt zurück.

Sobald wir allein waren, begann er mir sein Herz auszuschütten. – Es war alles zu Ende. Er fühlte nichts mehr für Alma, und Alma nichts mehr für ihn. Das war das Werk der Frau Mama. Sie hatte mit brutaler Hand den Himmel ihrer reinen Empfindungen zertrümmert. – Er mußte sich erst sammeln, um sich darüber klar zu werden, wie das alles so rasch gekommen.

Alma, das stand außer Zweifel, war die einzige Person in dem Hause, die einer tieferen Empfindung fähig war. Es hatte Momente gegeben, wo er sie für einen larmoyanten Schmachtlappen gehalten, aber er war davon zurückgekommen. Er begriff ihr unzufriedenes Wesen. Ihre Mutter, mit der sie beständig auf Kriegsfuß lebte, war die beste Mutter der Welt, eine noch bessere Geschäftsfrau, dabei gut, wirklich gut, aber von irgendwelchem tieferen Verständnis keine Spur. Sie reichte ihrer Tochter, was Seelenadel und Ernst der Lebensauffassung betrifft, nicht bis an die Knöchel, und das Mädchen fühlte sich durch das oft sehr geschmacklose Benehmen ihrer Mutter beinahe angewidert. Die denkbar größten Gegensätze sahen sich in der Familie darauf angewiesen, einen Modus vivendi zu finden; das gelang ihnen so schlecht wie möglich. Vor drei Monaten hatte sich Alma schon einmal mit Streichhölzern vergiftet. Mit Hülfe der Magenpumpe war es gelungen, ihr das Leben zu erhalten.

Freitag vor acht Tagen waren sie zusammen im Zirkus gewesen. Mein Freund war mit Alma und den Kindern vorausgegangen; Mama hatte nachkommen wollen. Er hatte dann die Kinder in der Loge gelassen und mit Alma eine Bank zwischen Palmen und Farrenkräutern auf dem Promenoir aufgesucht. Als er mit ihr zurückkam, wandte sich Mama im Ton strengsten Vorwurfes zu den beiden Gymnasiasten:

»Ich habe euch doch gesagt, daß ihr den Herrn nicht mit Alma allein lassen sollt.«

Der Herr war bleich wie der Tod geworden, hatte sich auf die Zunge gebissen, hatte an allen Gliedern gezittert, und als er sich nachts zwei Uhr zu Bett legte, war ihm eingefallen, daß das einzig Richtige gewesen wäre, sich sofort zu empfehlen.

Er hatte die Überzeugung, wenn er das getan hätte, wäre Alma ihm nachgestürzt. Er hatte es nicht getan, Alma war ihm nicht nachgestürzt, und Mama hatte sich, nachdem sie ihr Geschoß abgefeuert, von einer Liebenswürdigkeit gezeigt, wie er deren nie vorher von ihr gewürdigt worden.

Zwei Tage später hatte ihn Mama, die in Abwesenheit ihres Gatten dessen Geschäfte mit einem Geschick besorgte, das ihren Gatten zum beneidenswertesten aller Gatten machte, zu sich aufs Bureau bestellt. Es handelte sich um eine Angelegenheit von Wichtigkeit, in der sie sich nicht zurechtzufinden wußte. Als er hinkam, fand er nichts zu raten, nichts zu helfen, dafür aber vollauf zu bewundern. Er fand eine Nervosität, bei der ihm eine Gänsehaut nach der andern über den Rücken schauerte, mußte sich aber gestehen, daß sich die Pomadigkeit für ihre Art Geschäfte nicht eignete. Schließlich hatte sie ihn gebeten, sie zu hypnotisieren. Er hatte seine ganze geistige Energie aufgeboten, aber es war ihm nicht gelungen.

Darauf waren sie zusammen in einen Austernkeller gegangen. Nach dem sechsten Dutzend behauptete Mama, es sei eine schlechte darunter gewesen. Darüber entspann sich ein Streit mit dem Kellner, in dem der Kellner den kürzeren zog. Sie hatten dann die nächste Station aufgesucht, um nach Hause zu fahren. Mama hatte noch eine Arbeit zu Hause liegen, die unter allen Umständen bis morgen erledigt werden mußte und zu der sie seines Rates bedurfte.

Auf der Station waren vor den Fahrplänen die Laternen nicht angezündet. Mama stellte den Laternenanzünder zur Rede; der Laternenanzünder erklärte, es sei seine Schuld nicht, er habe keine Order, die betreffenden Laternen anzuzünden.

Darauf hatte sie den Stationsvorstand kommen lassen. Der Stationsvorstand ließ fünf Minuten auf sich warten. Als er endlich kam, war der Zug eben im Abfahren. Mama wandte sich an die Polizei, die drei Mann hoch auf dem Perron einherstolzierte; sie hatte ihr Billett für den betreffenden Zug in der Hand, und der Zug mußte auf Befehl der Polizei angehalten werden. Darüber erlaubte sich der Stationsvorstand beleidigende Äußerungen. Sie ließ ihn arretieren. Darauf hatten sie sich zusammen ins Coupé gesetzt und waren nach Hause gefahren.

Zu Hause wartete ihrer ein Diner mit Sardelleneiern, Rebhuhnpastete und frischen Spargeln. Das war die Arbeit, die bis morgen unter allen Umständen erledigt werden mußte.

Partien dieser Art hatten sich täglich wiederholt. Täglich war ein Telegramm von Mama eingetroffen, adressiert an seine Frau, sie möchte ihrem Herrn Gemahl erlauben, ihr eine Stunde bei der Arbeit behülflich zu sein. Er hatte ihr Gesellschaft geleistet, sie hatten zusammen die Freuden der Weltstadt genossen, und sie hatte ihm gesagt, daß sie es in Paris nie gewagt haben würde, sich so unvorsichtig überall mit einem Herrn zu zeigen.

»Weiter«, sagte ich.

»Weiter? – Ich habe in meinem Leben«, fuhr mein Freund fort, »keine derartige Vereinigung von tollem Zigeunerblut und echter deutscher Hausbackenheit getroffen. Ihr Interesse ist bei ihren Kindern. Sie arbeitet für ihren Mann. Ich möchte es nicht wagen, mir die geringste Freiheit herauszunehmen. Ich habe es auch nicht versucht. Mit ihrer Überreiztheit, mit ihrer geschäftlichen Hetzerei ist sie mir unerträglich. Ich könnte mit der Frau nicht zusammenleben. Nach acht Tagen wäre ich verrückt. Ich bin es schon. Denken Sie sich, ich bin seit vierzehn Tagen keinen Abend vor zwei Uhr zur Ruhe gekommen. Daß ich für mich arbeiten könnte, davon ist keine Rede mehr. Was ich an der Frau hochschätze und achte, ist, daß sie eine gute Mutter ist.«

»Das ist jede Kuh.«

Mein Freund war sonst selber ein gewaltiger Zyniker, aber er fühlte sich nicht mehr als Beherrscher der Situation. Er war seit vierzehn Tagen keinen Abend vor zwei Uhr zur Ruhe gekommen. Er konnte nicht umhin, für eine Person einzutreten, die er vergeblich zu hypnotisieren versucht hatte.

Darauf erzählte ich ihm eine Geschichte.

Ich kannte in München eine achtzigjährige Dame, die dreißig Jahre in Paris gelebt hatte. Eines Tages hielt sie sich mir gegenüber über das Leben der gebildeten französischen Jugend auf, die ihre besten Jahre in Gesellschaft von Sirenen verbummele. Um etwas zu erwidern, sagte ich, daß es für die Pariser Sirene doch immer noch das höchste Ideal bleibe, eventuell für eine anständige Frau gehalten werden zu können, während – ich wollte sagen, während man das von der deutschen Sirene gerade nicht behaupten könne. Aber sie unterbrach mich: Während es für die deutsche anständige Frau immer das höchste Ideal bleibe, eventuell für eine Sirene gehalten werden zu können.

Mein Freund hatte mir nur halb zugehört. Er war mit seinen Kindern beschäftigt. Der Zug hielt. Wir nahmen die Kinder, ohne daß sie die Augen öffneten, von den Polstern auf und schlugen, da mein Freund nur zehn Minuten von der Station entfernt wohnte, jeder ein Kind auf dem Arm, den Weg nach seiner Wohnung ein.

Da Mitternacht längst vorüber war und ich noch einen zweistündigen Weg vor mir hatte, bat er mich, bei ihm zu bleiben. Er führte mich in sein Atelier, wo wir beim düsterroten Schein einer triefenden Kerze noch einen Likör tranken. Dabei sprachen wir über Alma.

Es war alles zu Ende. Sie hatten sich geliebt, wie sich Kinder lieben. Alma war die Natur, die die genügende Tiefe besaß, um ein solches Einverständnis zu schätzen. Ihre Mutter war eine schöne Frau; das mußte ihr der Neid lassen. Vor drei Tagen hatte sie ihm wieder ein Telegramm geschickt, natürlich an seine Frau adressiert, er möge doch kommen und ihr etwas bei der Arbeit behülflich sein. Er warf sich, wie er ging und stand, in den nächsten Omnibus und fand sie in ihrem Bureau in Balltoilette, hellgelbe Seide mit weißem

Einsatz, reichlich dekolletiert. Ihre Gesichtszüge hatte sie ein wenig abgetönt. Sie hatte zwei Theaterbilletts und bat ihn, sie in die Oper zu begleiten. Warum hatte sie ihm das nicht ganz einfach geschrieben. Er war nicht darauf vorbereitet. Er war im Gehrock, ohne Glaces und hätte sich erst rasieren lassen müssen. So begleitete er sie bis ins Vestibül und küßte ihr dort die Hand. Wie sie sich aber auf der fünften Stufe noch einmal umwandte – der Hermelin drohte ihr von den Schultern zu fallen, die Schleppe zu ihren Füßen deckte die halbe Treppe, die Wendung ihres Kopfes im Halbprofil zeigte ihren Hals in seinen vorteilhaftesten Linien –, da mußte er sich gestehen, daß er selbst in Amerika, in Philadelphia kein Bild von solch vollendetem Geschmack, von so erhabener Schönheit gesehen.

Heute mittag, eben als ich vor dem Haus stand und die Gartenpforte nicht öffnen konnte, hatte sie sich ihm in ihrer ganzen Gewöhnlichkeit gezeigt. Sie sprachen gerade von mir. Er hatte mich vom Fenster aus draußen stehen sehen. Sie klagte ihn ihrer Tochter wegen des Vertrauensbruches an, schob ihm die niedrigsten Absichten unter und drückte sich dabei so trivial aus, daß er das Tier in sich erwachen gefühlt. Sie hatte es jetzt richtig so weit gebracht, daß er dem Mädchen gegenüber nichts mehr empfand als das Bedauern, die Situation nicht klüger ausgenutzt zu haben. Jetzt war es vorbei. Mama hatte ihm sein Ehrenwort abgenommen, daß die Flirtation zwischen Alma und ihm ein Ende habe.

»Was haben Sie denn dabei von mir gesprochen?«

»Sie waren es ja gerade, der die Bombe zum Platzen brachte.«

»Ich?«

»Ohne Ihr Verschulden natürlich. Nur ganz indirekt.«

»Aber wieso denn?«

»Wieso? – Lassen Sie mich nachdenken. – Gestern abend war Alma mit ihrer Schwester bei meiner Frau zum Tee. So war es. Da muß ihr meine Frau so was gesagt haben, wie so Frauen sprechen, ich käme keine Nacht mehr nach Hause, sie könne das nicht länger ertragen, sie sei Abend für Abend allein mit den Kindern und – und ...«

»Und?«

»Und Sie hätten ihr auch gesagt, die Sache sei ernster, als Sie geglaubt hätten.«

»Wann soll ich denn das gesagt haben?«

»Als Sie damals bei uns zum Abendbrot waren. Es ist ja weiter nichts dabei. Teegeschwätz. Alma hätte ja natürlich auch kein Wort verlauten lassen. Die Kleine aber wußte selbstverständlich nichts Eiligeres zu tun, als es brühwarm der Frau Mama zu hinterbringen. Der Mutter kam das natürlich wie gerufen. Das ist eine Frau, wissen Sie, die sich nicht für fashionable hält, wenn sie kein Drama in ihrem Salon hat. So brach heute durch Ihre Schuld die Katastrophe herein. Alma hatte sich vor Aufregung die Nacht nicht schlafen gelegt. Wir regalierten einander mit Grobheiten. Die Mutter warf mir vor, in dem Kinde Gefühle wachgerufen zu haben; ich entgegnete ihr, wenn ich es nicht gewesen wäre, wäre es ein anderer gewesen; ihre Tochter würde sich in jeden verliebt haben.«

Ich hielt es für durchaus unangebracht, mit meinem fünfzigprozentigen Freund meine Schuld zu erörtern. Dagegen war es beschlossene Sache bei mir, der Frau Mama morgen früh in wenigen Worten meine Rolle in ihrem Drama schriftlich auseinanderzusetzen. Eines wurde mir augenblicklich klar.

»Dann bezog sich die tadelnde Bemerkung, die ich als Begrüßung zu hören bekam, also nicht auf mein Buch?«

»Gott bewahre. Bilden Sie sich nichts ein.«

»Sondern auf Ihre Liebelei?«

»Natürlich bezog sie sich darauf, und wenn Sie den Geist des Menschen in den Klauen des Wahnsinns ein wenig genauer betrachtet hätten, so würden Sie in einer der Teufelsfratzen Ihr Porträt erkannt haben. Ich sagte der Mutter gleich: das ist das Beste, was Ihre Tochter jemals gemacht hat. Sie fand es natürlich verrückt. Sehen Sie«, fuhr er, lebhafter werdend, fort, »das imponiert mir an dem Mädchen. Das ist die geborene Künstlerin, die eine ganze Nacht hindurch an der Staffelei sitzt, um sich der Empfindungen, von denen sie gequält wird, zu entledigen, indem sie sie künstlerisch objektiviert.«

Die Flasche war leer. Mein Freund rückte eine baufällige Chaiselongue an der Wand zurecht und hakte mir eine Reisedecke, die ihm die Herzogin von Galiero gestickt, von der Mauer los. Das Dessin sei zwar nicht gerade geschmackvoll, aber sie halte warm. Darauf empfahl er mich allen guten Geistern und ließ mich allein.

Mir war nicht ganz behaglich. Ich suchte unter den Rahmen, die übereinandergelehnt an der Wand standen, nach etwas, um meine Phantasie damit zu beleben. Ich fand nichts; nebulose Visionen, Reminiszenzen aus den Werken aller großen Meister, hier ein Böcklin, dort ein Gabriel Max, zwei Schritt weiter ein Michelangelo, alles so amerikanisch wie möglich, direkt auf den Käufer hin gemalt, Jahrmarktartikel, auf ein Publikum berechnet, das alles gesehen und nichts dabei gelernt hat. Vor einer Astarte in wahnsinnigen Locken mit formlosen Armen und Beinen fühlte ich mich wie Shylock versucht, ein Stück Fleisch herauszuschneiden, um es morgen jemandem zur Begutachtung vorzulegen. Er würde es für Löschpapier oder alten Käse gehalten haben.

Darauf fragte ich mich, ob ich mich denn in dem Raum befand, in dem mich mein Freund empfangen, als ich gekommen war, mir sein Atelier anzusehen. Ich trat auf den Korridor und drückte auf die Klinke der nächsten Tür, die sich lautlos öffnete.

Ich war in einem anderen Atelier. Auf der Staffelei stand ein Bild in grellen Farben, eine englische Marktszene, im Vordergrund drei Straßenjungen in breiten Schlapphüten, alle drei mit starken Schatten über dem Gesicht. Dessenungeachtet ließen die Physiognomien sich Zug für Zug erkennen. Das Bild war »Ben Johnson« gezeichnet.

Der Raum war mir bekannt. Hier hatte mir mein Freund seine Arbeiten gezeigt. Ich hatte ihn zwei Häuser weiter bei einem alten Tiermaler getroffen, in dessen Atelier er eben einen riesigen Sonnenuntergang in Venedig aus der Phantasie zusammenmalte. War er umgezogen, oder hatte er die Gewohnheit, immer an drei Orten zugleich zu sein?

Alles um mich her war »Ben Johnson« gezeichnet. Das Atelier gehörte ohne Zweifel Ben Johnson. Ich zog mich zurück, stützte meine baufällige Chaiselongue durch einen Strohstuhl, zog mir die Reisedecke der Herzogin von Galiero bis zur Brust herauf und konzipierte in Gedanken das Billett, das ich morgen, sobald ich nach Hause gekommen, der Frau Mama schreiben wollte.

Geehrte Frau,

ich haben an jenem Abend, als ich bei unserem Freunde zum ersten und einzigen Mal zum Abendbrot war, nichts anderes gesagt, als was jeder andere anständige Mensch an meiner Stelle auch gesagt haben würde. Die Gattin unseres Freundes klagte mir, daß sie seit vier Tagen von nichts anderem als der betreffenden Dame sprechen höre. Ich entgegnete ihr, ich glaube, daß sie die Sache schwerer nähme, als sie zu nehmen sei. Unser Freund, der von nichts anderem als der betreffenden Dame sprach, gefiel sich darin, uns klarmachen zu wollen, daß seine Gefühle nicht Liebe seien. Ich machte ihn darauf aufmerksam, daß er einer Persönlichkeit, von der er sich derart beeindruckt fühle, auch wohl Gerechtigkeit genug widerfahren lassen dürfe, das Kind bei seinem wahren Namen zu nennen. Wollen gnädige Frau überdies die Absurdität bemerken, daß unter Vehältnissen, in denen man seit vier Tagen von nichts anderem spricht, meine beiden Äußerungen das Motiv dafür abgegeben haben sollen, daß sich die Gattin unseres Freundes an die betreffende Dame wandte.

Mit ehrerbietigstem Gruß

Ihr – etc.

Meine Chaiselongue war aus Rohrgeflecht mit dünnem Kissenüberzug. Ich schlief, wie man auf den Latten schläft, bis gegen acht Uhr mein Freund kam, um mich zum Frühstück zu führen. Daß er mich zum Frühstück nicht mit in seine Wohnung nahm, hätte mich befremden müssen. Er führte mich zwei Häuser weiter zu dem alten Tiermaler. Darauf empfahl er sich, er werde zu Hause frühstücken und in einer Stunde zurück sein.

Der alte Tiermaler war ein Juwel. Er hatte in seinem Leben nichts als Tiere gemalt und malte seit zwanzig Jahren auch die nicht mehr. Er hatte von einer Anzahl verschiedener Frauen fünf Töchter im Alter von vierzehn bis sechzehn Jahren, für deren Erziehung er sorgte und die jeden Sonntagnachmittag in seinem Atelier im Kreis um ihn herumsaßen. Er hatte mein Buch über das Leben der Kinder gelesen und darüber geweint, wie mich mein fünfzigprozentiger Freund versicherte. In seinem riesigen Atelier hatte er durch einen Bretterverschlag ein Drittel abgeteilt, in dessen Parterre sein Bett stand, während sich eine Treppe höher ein Raum befand, halb Küche, halb Speisesaal, in dem er sich seine Mahlzeiten bereitete. Vor zehn Jahren war unten im Schlafgemach die Wasserleitung gesprungen. Seitdem war es ihm dort zu feucht, und er schlief Sommer und Winter auf einem türkischen Diwan, der dem großen Atelierfenster entlang stand.

Die Morgensonne, die durch die Dachluke hereinströmte, erfüllte das obere Gemach mit dem wärmsten Licht, das ich seit Jahren gesehen. – »Jetzt werde ich Ihnen zeigen, wie ich mir meine Omelette mache.« Er brauchte eine gute halbe Stunde dazu, aber sie war deliziös. Dabei erzählte er mir vom alten Darwin, für den er seinerzeit in London viel gearbeitet hatte. Ich fragte mich, ob es nicht doch vielleicht besser sei, den Brief ungeschrieben zu lassen und der Frau Mama bei meinem nächsten Besuch meine Ansichten mündlich auseinanderzusetzen.

Die Omelette war noch nicht ganz fertig, als mein Freund zurückkam. Er setzte sich zu uns, bis wir gegessen. Darauf zündeten wir uns jeder eine Tschibuck an, stiegen in den Garten hinunter und stellten uns zu dritt um ein kleines Aquarium, in dem der alte Tiermaler Feuersalamander, Kröten, Blindschleichen und Libellen züchtete. Seit er keine Tiere mehr malte, beschäftigte er sich eifrig mit der natürlichen Zuchtwahl. Die Schriften Darwins kannte er auswendig und hatte selber mit der Züchtung einiger origineller Spielarten in der Tier- und Pflanzenwelt Glück gehabt.

»Mein Freund erzählte mir«, sagte ich, »Sie hätten auch mit der Kreuzung zwischen einer Ente und einem Kaninchen gewisse Resultate erzielt.«

Er glaubte, ich wollte mich über seine Experimente lustig machen. Ein Vogel und ein Vierfüßler; Gott behüte einen davor. *Natura non facit saltus.* Mein Freund lutschte verlegen an seiner Pfeife, verschluckte eine dicke Rauchwolke und lenkte das Gespräch auf die hypothetischen vorsintflutlichen Zwischengeschöpfe zwischen Mensch und Orang-Utan.

Ich bedankte mich für die genossene Gastfreundschaft und setzte mich auf den Omnibus. Die schwüle Mittagsluft zitterte beinahe wie ein verfangenes Echo zwischen den endlosen Straßenwänden hin und her. Ich dachte: welche Temperatur erst bei mir zu Hause im fünften Stock unter den Bleidächern herrschen müsse. Ich sagte mir, wenn die Frau Mama denkt, wie ich denke, dann wird sie es mir nur Dank wissen, wenn ich mich nicht auch noch in die im Schoß ihrer Familie gärenden Evolutionen mische. Das war ein psychologischer Irrtum. Mein Freund hatte mir eben noch gesagt, daß sie sich nicht für eine Weltdame halte, wenn sie kein Drama in ihrem Salon habe.

Acht Tage vergingen, bevor ich ihn wiedersah. Er kam an einem regnerischen Nachmittage, und da es auf meiner Stube nichts zu trinken gab, gingen wir zusammen ins Cafe. Er war wie immer in heller Aufregung und sprach von Alma mit mehr Begeisterung denn je. Seit unserem letzten Besuch lebte sie mit ihrer Mutter in offner Fehde. Er seinerseits lebte mit der Mutter gleichfalls in offner Fehde. Mit Alma zu verkehren, dazu war ihm jede Möglichkeit genommen, wiewohl er täglich hinausfuhr. Man lebte in dem Hause in ebensoviel feindlichen Lagern, als Personen vorhanden waren, vermied es, über Tisch sich anzusehen, und sagte sich weder guten Morgen noch guten Abend. Dabei wurde mit jedem Tag der Herr Papa erwartet, der es sich nicht nehmen lassen werde, eine fürchterliche Musterung zu halten. Alma war sein Lieblingskind. Alma wird ihn zum Richter zwischen sich und ihrer Mutter anrufen, und wenn er auch vollkommen unter dem Pantoffel seiner Frau stand, werde er doch nicht umhin können, das ganze Haus vor seinen Richterstuhl zu zitieren, den Schuldigen herauszugreifen und zu zerschmettern.

»Seien Sie übrigens doch ein wenig vorsichtig mit dem, was Sie so sprechen«, raunte er mir noch zu, als wir uns trennten.

Schreiben konnte ich jetzt nicht mehr. Das wäre vor acht Tagen natürlich gewesen. Aber heute – das ist ein Topf, sagte ich mir, als ich genauer darüber nachdachte, in dem vier oder fünf Personen mit dem denkbar größten Behagen herumgerührt haben, um die Suppe so trübe wie möglich zu machen. Und wenn es zum Auskosten kommt, dann soll am Ende ich – man ist ja gerne bereit zu büßen, wo man gesündigt. Das passiert einem übrigens nicht. Dazu ist man doch zu alt. Aber zur Verantwortung gezogen zu werden, wo man sich und dem Richter platterdings seine kindlichste Unschuld eingestehen muß. – Mein Freund hatte mir so was von »Galeotto« gesagt. Das war nicht in seinem Garten gewachsen, wiewohl er Spanier war. Das stammte von der Frau Mama. Der Klatsch, der es schließlich dahin bringt, seine ruchlosen Erfindungen zur Wirklichkeit zu machen. Ich fühlte, der »Galeotto« ging auf mich – zum Kuckuck, das war nicht nur schreiende Ungerechtigkeit. Das war vor allem eine Blamage.

Ich hatte wichtigere Dinge zu denken. Kurz vor seiner Abreise hatte ich mit dem Herrn Papa eine Kontroverse über Guy de Maupassant. Er bat mich damals, ihm mein Urteil über »Pierre et Jean« schriftlich nachzuschicken. Jetzt hatte ich eine Serie Artikel über moderne Tanzkunst in Bereitschaft, und da sein Blatt auf goldenen Füßen stand, war deren Aufnahme eine Frage von Wichtigkeit für mich.

Ich bat meine Wirtin, mich um neun Uhr zu wecken und wenn ein Brief käme, ihn mir sofort heraufzubringen. Da der Herr Papa nur sonntags zu sprechen war, hatte ich ihm meine Artikel per Post zugeschickt.

Um acht Uhr weckte mich meine Wirtin und legte mir einen Brief auf den Kamin. Ich wollte ihn sofort erbrechen, beschloß aber, mich vorher anzuziehen. Ich zog meine Toilette absichtlich ein wenig in die Länge und bürstete mir das Haar mit mehr Sorgfalt als gewöhnlich. Als ich dann mit allem Behagen bei meiner Schokolade saß, las ich folgendes Billett:

> Sehr geehrter Herr,
>
> ich bin Ihrer liebenswürdigen Mitarbeiterschaft in keiner Weise mehr bedürftig. Gleichzeitig beehre ich mich, Ihnen mitzuteilen, daß ich, da meine Frau nach Karlsbad reist, meine Empfangstage am Sonntag eingestellt habe.
>
> Mit verbindlichstem Gruß xxx
>
> Ihr sehr ergebener etc.

Ich war zerschmettert.

Mein fünfzigprozentiger Freund hat sich nicht wieder bei mir blicken lassen.

Der Verführer

»Es ist wohl möglich, daß sich die Gunst eines jeden Mädchens ohne Ausnahme gewinnen läßt. Aber leicht wird es nicht immer. Die Hauptsache ist, daß man den richtigen Weg einzuschlagen versteht.«

Die übrigen Herren des intimen Freundeskreises lauschten in gespanntester Erwartung.

»Es war am 15. Juni im Jahr 18..«, fuhr der Sprecher fort, »als ich gegen Abend zu Tante Mathilde hinauskam und sie mir mitteilte, daß tags zuvor ihre Tochter Melanie von Brüssel zurückgekommen sei. Wir hatten kaum eine Viertelstunde geplaudert, als Melanie mit dezidiertem Schritt, ohne durch meine Anwesenheit überrascht zu sein, leicht errötend ins Zimmer trat. In körperlicher Beziehung hatte sie ungemein gewonnen, seit ich sie nicht gesehen. Ihre Taille war schmal geblieben, ebenso die Schultern, aber die Hüften und besonders die Formen des Korsetts fielen mir durch ihre majestätischen Linien auf. Mit dem Ausdruck unnahbarer Würde und einem eisigen Lächeln auf den Lippen reichte sie mir ihre geschmeidige kleine Hand und nahm auf einem schmalen Taburett Platz, auf dem sie wie auf einem Isolierschemel saß und von dem aus sie mich mit Blicken maß, von denen ich mich wie von kleinkalibrigen Gewehrkugeln durchlöchert fühlte. Ich schlug die Augen nieder und wendete meine Bemerkungen über Brüssel und die Großstädte im allgemeinen fast ausschließlich an Tante Mathilde, die mich, nachdem wir noch etwa zehn Minuten gemütlich geplaudert, mit ihrer Tochter allein ließ.

»Wie wäre es, Herr Doktor, wenn wir einen Gang durch den Garten machten?« – sagte Melanie, um das peinliche Schweigen zu brechen, das, nachdem sich Tante Mathilde entfernt, zwischen uns obwaltete. Ich bot ihr meinen Arm und führte sie in den stockdunklen Garten hinaus, alle drei Schritte ein Streichholz anzündend, in der Befürchtung, wir möchten gegen einen Baum anrennen oder in die Johannisbeersträucher geraten, bis mir meine Cousine mit einer unvorsichtigen Geste die Schachtel aus der Hand schlug und mich hinter sich her in eine der Lauben zog, die zu beiden Seiten des Weges lagen.

Nachdem wir uns auf der breiten hölzernen Bank mit ziemlicher Mühe zurechtgetastet, nahm sie meine Hand in die ihrige, neigte sich mit ihrem Oberkörper über mich, die Lippen direkt vor meinem Gesicht, so daß ich ihren Atem spürte, und fragte mich, woran ich denke. »An die griechischen Inschriften auf den Denkmälern im westlichen Kleinasien«, entgegnete ich, worauf sie meinte, ich hätte einen stark ausgeprägten sinnlichen Ton in der Stimme. Ich erklärte ihr aber, daß das Altgriechische, wenn es auch keine Ursprache, sondern durchaus Kultursprache sei, doch auf unsere modernen Sprachen, zumal auf die, die wir sprechen, den schwerwiegendsten Einfluß ausgeübt habe, indem es durch die mit altgriechischen Inschriften bedeckten historischen Denkmäler gewirkt. So unterhielten wir uns noch eine Weile, dann fühlte ich ein Frösteln und geleitete Melanie, in der Befürchtung, wir möchten uns beide erkälten, ins Wohnzimmer zurück. In den darauffolgenden Tagen beschäftigte ich mich mehr mit ihr, als ich erwartet hatte, und beschloß schließlich, da mir der Gedanke an ihren klassisch modellierten Körper keine Ruhe mehr ließ, sie für mich zu erobern.

Drei Tage später traf ich sie wieder bei Tante Mathilde. Es war drei Uhr nachmittags, und die Tante schlief. Mit Gewalt oder Heftigkeit, das wußte ich im voraus, erweckte ich nur Empörung; ich mußte also vorsichtig sein. Melanie trug ein Kleid, wie man es bei heißer Jahreszeit nicht leichter tragen kann, in hellgrüner Seide, und so weit, daß es sie wie ein Hemd umflatterte. Über den Schultern war es durch zwei schmale Streifen gehalten. Sie streckte sich auf der Chaiselongue aus und lud mich ein, auf dem Fußende Platz zu nehmen. Dann hakte sie die zwei obersten Haken auf, um, wie sie sagte, besser atmen zu können. Sie schien auch in der Tat sehr unter der Hitze zu leiden, indem ihre Wangen hoch gerötet waren und sie kaum einen Augenblick ruhig liegen konnte.

Ich versuchte das Menschenmöglichste. Ich brachte das Gespräch auf Kleopatra, auf den Frühling, auf Tanzunterhaltungen, ohne dem Mädchen mehr als ein stummes, überlegenes Lächeln zu entlocken. Schließlich nahm ich sogar einen Pantoffel, der ihr zufällig vom Fuß gefallen, und führte ihn an meine Lippen. Dabei kajolierte sie mir mit ihrem Fuße zuerst die Hände und dann das Gesicht. Wenn sie gewußt hätte, welch höllische Marter mir das verursachte, in welchem Orkan die Leidenschaften in mir tosten und brandeten! Aber sie lag da, so vertrauensselig, als hätte sie ein neugeborenes Kind neben sich. Ihre Lippen öffneten und schlossen sich wieder, ihre feine rote Zunge wurde zwischen den blanken Zähnen sichtbar, aber keine Spur von Verständnis für meine Taktik. Mir wurde auf meinem schmalen Sitzplatz zumute wie Napoleon auf St. Helena; und als ich das herrliche Weib nach zwei Stunden vergeblich aufgebotener Liebesmühe verließ, fragte ich mich trostlos und niedergeschlagen, wie die Natur ein solches Wesen schaffen könne, ohne ihm einen Funken menschlichen Gefühls einzuhauchen.

Am nächsten Tage überraschte sie mich mit der unvermittelten Frage, ob ich schon einmal geliebt habe. Ich hatte meinen Feldzugsplan von Grund aus umgestaltet und wußte nicht, ob ich mit Ja oder Nein antworten sollte. Ich hatte mir vorgenommen, sie gar nicht anzusehen und auf diese Weise ihre Eitelkeit zu kitzeln, sie zu demütigen und mich um so begehrenswerter zu machen. Tante Mathilde war zu einer Kaffeegesellschaft ausgefahren. Wir suchten den kühlsten Ort des Hauses auf und gelangten in einen kleinen, runden, hochgewölbten Gartensalon, in dem außer einem alten rotsamtenen Diwan nur gerade noch eine breite Fächerpalme Platz hatte. Hier, abgeschlossen von der Welt, erzählte ich ihr meine Geschichte. Nie in meinem Leben habe ich eine aufmerksamere Zuhörerin gefunden. Als ich auf die Katastrophe zu sprechen kam, wie das Mädchen, das ich aus tiefster Seele geliebt, mit einem Handelsreisenden nach Amerika durchbrannte, durchfuhr ihren Körper leises Zucken. Ich sah meinen Seelenschmerz von damals in ihren Blicken widergespiegelt. Ich begann zu hoffen, daß ich mich in ihrer Beurteilung geirrt. Da geschah etwas Unvorhergesehenes. Augenscheinlich hatte sie in ihrer Erregung das Knie zu fest an die Kante des Diwans gepreßt. Dadurch war die Schnalle ihres Strumpfbandes aufgesprungen, und das Strumpfband fiel zu Boden. Ich hob es auf und überreichte es ihr. Darauf folgte längeres Schweigen. Dann, ohne sich weiter vor mir zu genieren, streifte sie ihr Kleid etwas auf und befestigte das Strumpfband unter dem Knie. Sie trug seidene Strümpfe. Wäre ich in Gedanken nicht bei meiner ersten Liebe gewesen, wer weiß, wozu mich die Arglosigkeit hingerissen hätte. Aber auch so vermochte ich meiner Empfindung nicht völlig Herr zu bleiben. Ich beugte mich nieder über den dunklen Lockenkopf und hauchte einen Kuß auf die weiße Stirne. Aber da fühlte ich, wie sie mich mit dem kleinen Finger zurückstieß. In ihren Blicken lag etwas wie scheue Furcht. Ein Schrei drängte sich auf ihre Lippen, den sie nur mit Mühe zurückhielt. Ich nahm meinen Kopf in beide Hände und stürzte wie wahnsinnig zum Haus hinaus.

Es wird mir ziemlich schwer werden, die Zeit, die diesen Ereignissen folgte, mit kühlem Blut zu beschreiben. Sie endete mit den qualvollsten Seelenkrämpfen, die ich durchgemacht und die ich um die Inschriften von ganz Athen nicht zum zweitenmal durchmachen möchte. Nachdem ich mich zur Genüge davon überzeugt hatte, daß all meine Diplomatie und Feldherrnkunst an dem Mädchen verloren war, beschloß ich, sie zu vergessen und meine gute alte Tante Mathilde während ihres Aufenthaltes nicht mehr zu besuchen. Aber das gelang nicht, und nun begann ich, den frivolen Absichten zu fluchen, die mich dazu verleitet, die schöne Herzlose meiner Bemühungen zu würdigen. Um mich zu zerstreuen, suchte ich Cafés und Bierhöhlen auf, wo ich oft bis nach Mitternacht in Gesellschaft angehender Künstler saß, denen nichts auf dieser Welt mehr heilig war, deren jeder seine zehn bis zwanzig Mädchen zu Herzensfreundinnen hatte und von denen man in einer Nacht mehr lernen konnte, als ein Mann in geordneten Verhältnissen in einer fünfzigjährigen Ehe lernt. Nach einigen Tagen zog es mich doch wieder wie an einer Schlinge zum Landgut hinaus. Melanie empfing mich im Salon, d.h. eigentlich empfing sie mich nicht. Sie saß am Fenster und stickte. Nicht eines Blickes würdigte sie mich, und die Blicke, die sie zum Fenster hinauswarf, waren so gereizt, so enerviert, so unfreundlich, daß ich die herrliche Landschaft beinah noch mehr als mich selbst bedauerte. Sie bat mich, ihr doch noch einige altgriechische Inschriften zu zitieren. Ich suchte in meinem Kopf, wie man eine Kommode durchsucht, aber meine Gelehrsamkeit war weggeblasen. Ich fühlte mich so beschämt, daß ich meinen Hut nahm und nach Hause ging.

Als ich wiederkam, traf ich sie mit Tante Mathilde zusammen. In der Zwischenzeit hatte ich nicht eine Nacht mehr geschlafen. Ich bat Melanie, mit mir in den Garten hinauszukommen, in die Taxuslaube oder in die Jasminlaube, aber sie sagte, es wäre ihr zu dunkel, sie fürchte, mit dem Kopf an einen Baumstamm zu stoßen, wenn sie mit mir ginge. Ich war zerknirscht. Drei Tage und Nächte lief ich mit dem Gefühl durch die Straßen, als ob mir ein Schmiedehammer das Herz bearbeite. Ich sah Grün, Blau, Rot vor den Augen. Die Menschen, die mir begegneten, machten einen Bogen um mich herum. Wer mir unversehens unter den Hut sah, fuhr erschreckt zusammen, und meine Kleider schlotterten mir am Leib, als hätte ich sie vom Hausierer erstanden. Ich wurde binnen einer Woche um drei Pfund leichter.

Am Sonntag schleppte ich mich noch einmal mehr tot als lebendig hinaus und traf Tante Mathilde allein. Ich griff unwillkürlich nach einer Stuhllehne, als sie mir eröffnete, Melanie sei bei einer Freundin in der Stadt. Dann unterhielt ich die kindische alte Frau eine Stunde lang mit schalen Anekdoten, was ich früher mit Vergnügen getan hatte und was mir jetzt eine Galeerenarbeit war. Nachdem ich mich verabschiedet, steckte ich im Vestibül den Hausschlüssel in die Tasche, ich wußte nicht, warum. Von dem Moment an weiß ich überhaupt von keiner meiner Handlungen mehr das Wie und Warum. Ich war zum Nachtwandler geworden. Kurz vor Mitternacht erwachte ich vor der Haustür des Landhauses, ohne zu wissen, wie ich hergekommen. Eine Stunde später erwachte ich wieder und stand noch an demselben Fleck. Mir war, als stände jemand hinter mir und stieße mir unaufhörlich mit dem Knie in den Rücken. So öffnete ich schließlich, tastete mich die dunklen Treppen hinan und pochte, ohne der Gefahr zu gedenken, der ich mich dabei aussetzte, an ihre Kammertür.

›Wer ist da?‹ hörte ich ihre Stimme.

›Ich bin es!‹ – Meine Knie schlotterten.

Keine Antwort.

Ich flehte, ich beschwor sie, ich ließ die Türklinke nicht mehr aus der Hand, aber alles blieb still. So stand ich fünf lange Stunden, bis es auf der Treppe hell zu werden begann. Dann schlich ich mich durch den Garten nach Hause und verbrachte den Tag in dumpfem Hinbrüten. Die körperlichen Bedürfnisse, Essen, Trinken, Schlafen, existierten für mich nicht mehr.

In der folgenden Nacht wiederholte sich die Szene, nur mit dem Unterschied, daß ich während der fünf Stunden weinte und winselte wie ein Kind.

Das hinderte mich nicht, in der dritten Nacht wieder vor ihrer Türe zu sein. Es gab für mich nur zwei Eventualitäten: zu ihr gelangen oder sterben. Wer beschreibt mein Erstaunen, als die Tür dem Druck meiner Hand nachgibt. Es war der reine Zufall, denn kaum war ich eingetreten, als sich das Mädchen hoch aufrichtet und mir im Flüsterton, aber mit unerbittlichster Strenge befiehlt, ihr Zimmer zu verlassen; das letzte und größte Hindernis, ihr Mädchenstolz, ihre persönliche Gegenwehr, die es noch zu überwinden galt. Mich wunderte nur, daß sie nicht aus vollem Hals um Hilfe schrie. Um so unverhohlener gab sie ihrem Schreck und ihrer Empörung mir gegen über Ausdruck. Sie nannte mich einen unverschämten Menschen, einen Schurken, einen schamlosen Wüstling. Umsonst, sie hatte den Mut eines Verzweifelten gegen sich. Ich brauche nichts mehr zu sagen. Ihre körperlichen Kräfte, ein so herrliches Weib sie war, waren den meinen nicht gewachsen. Ich war Sieger.

Deshalb, meine lieben Freunde, sage ich euch: Es ist möglich, daß sich die Gunst eines jeden Mädchens erringen läßt, aber so leicht geht es nicht. Die Hauptsache ist, daß man den richtigen Weg einzuschlagen versteht.«

»Haben Sie denn den Weg noch öfter erprobt?« fragte einer der Anwesenden.

»Nein. Ich tat es auch dies eine Mal nicht aus Frivolität, sondern aus psychologischem Interesse. Und wie ich denn ein Mann von Grundsätzen bin, gelang es mir auch später, ihre Zuneigung in dem Grade zu gewinnen, daß sie sich teils durch Vernunftgründe, teils durch Schmeichelworte dazu bewegen ließ, meine Frau zu werden.«

Die Fürstin Russalka

»Dich wundert es, wie ich dazu gekommen bin, Sozialdemokratin zu werden und einen Sozialistenführer zu heiraten?« sagte die junge Fürstin Russalka zu ihrer Freundin, der erst seit kurzem verheirateten Baronin Hohenwart. »Der Grund lag darin, daß meine erste Ehe mit dem Herzog von Galliera kinderlos blieb.«

»Aber ist denn das ein Grund?« fragte die Baronin errötend.

»Vielleicht ist meine ganze Jugendgeschichte daran schuld«, sagte die Fürstin. »Sie läßt sich allerdings etwas schwer erzählen. – Als Kind war ich sehr von meiner persönlichen Würde eingenommen. Ich kannte nichts Höheres auf der Welt als mich selbst. Im Spiegel besah ich mich wie ein Heiligtum. Dabei war ich lustig und tollkühn, aber über gewisse Dinge verstand ich keinen Scherz. Mein innerer Stolz bäumte sich dagegen auf, wie sich ein Pferd vor einem häßlichen Tier aufbäumt. Das wurde mein Verhängnis. Als meine Schwester Amelia eines Abends mit mir darüber zu sprechen begann, wie wir Menschen entstehen, da hätte ich sie erwürgen mögen. Ich war sehr gläubig und unterhielt mich oft stundenlang in persona mit dem lieben Gott. Ich hatte die unerschütterliche Überzeugung, daß der liebe Gott mich geschaffen habe. Ich sagte mir, was die Menschen machen, das hat keine Seele. – Amelia und ich wuchsen auf dem Schloß Schwarzeneck in Böhmen auf, von aller Welt abgeschlossen. Wir hatten niemand um uns als einen vertrockneten Haushofmeister und eine zu Eis gefrorene Gouvernante. Ich weiß nicht, wie Amelia zu ihrer Weisheit kam. Sie war allerdings zwei Jahre älter als ich und dick und phlegmatisch und faul. Eines Abends erzählte sie mir, die Müllerstochter im Dorf habe ein Kind bekommen. Ich war ganz empört. Ich sagte ihr, das sei nicht möglich. Unsere Eltern hätten sich in der Kirche vor dem Altar trauen lassen; deshalb habe Gott ihnen Kinder geschenkt, und nicht deshalb, weil sie die ersten Jahre ihrer Ehe zusammenlebten. Es war mir nicht anders, als wolle Amelia mir alle Berechtigung zum Dasein nehmen. Mitten in der Nacht bat ich zu Gott, er möge mir bestätigen, daß ich recht habe und nicht Amelia; und ich hörte deutlich eine Stimme in mir: Du hast recht, Russalka; du hast ganz recht. – Und als mir meine Schwester die nächsten Tage wieder mit ihren naturwissenschaftlichen Erläuterungen kam, da schwur ich ihr bei mir und allem und beim lieben Gott, ich wolle es ihr beweisen, daß es keine unehelichen Kinder in dieser Welt gäbe. – Amelia lachte, aber mir war so ernst um meine Überzeugung, ich fühlte einen so feurigen Bekehrungseifer in mir, daß ich Tag und Nacht die Gelegenheit herbeisehnte.

Um Weihnachten kam immer mein Vater mit seinem ganzen Troß von Wien herüber zur Jagd. In jenem Winter brachte er den Herzog von Galliera mit. Ich war sechzehn Jahre alt. Gleich am ersten Tag nahm ich ihn mir zum Kavalier. Er war achtundzwanzig Jahre alt, sehr gewandt und aufmerksam und erleichterte mir meinen wahnsinnigen Vorsatz auf alle erdenkliche Weise. Amelia, mit einem jungen Leutnant aus Budapest, hielt sich immer in unserer Nähe. Nach drei Tagen war das Unglück geschehen. Ich erzählte es ihr noch am selben Abend. Sie wurde totenbleich und fiel in Ohnmacht. Dann weinte und schluchzte sie die ganze Nacht, schlug sich vor die Brust und zerwühlte sich das Haar, so daß ich alles, was ich an Seelenkraft hatte, erschöpfte, um sie zu trösten. Natürlich half es nicht viel, aber ich blieb so fest bei meiner Zuversicht, daß sie schließlich wie vor einem höheren Wesen vor mir niedersank und meine Knie umklammerte.

Nach Neujahr zog das wilde Heer wieder ab. Den Herzog hatte ich, nachdem ich Amelia zum Augenzeugen meiner Waghalsigkeit gemacht, kaum mehr eines Blickes gewürdigt. Er fand sich mit aller erdenklichen Bescheidenheit in seine Zurücksetzung.

Dann kam der Frühling, und manchmal wurde mir doch bang. Ich bat den lieben Gott, er möge mich in meinem Glauben an ihn nicht wankend werden lassen. Immer wenn ich an die Weihnachtstage und den Herzog zurückdachte, überkamen mich Zweifel; aber ich hatte nicht die geringste Ursache dazu. Und schließlich, es war an einem Septemberabend auf der Altane, da sagte ich zu meiner Schwester: Jetzt siehst du, daß ich recht habe. Jetzt laß mich in Zukunft mit deiner Meinung in Frieden. – Sie hatte kein Wort mehr über diese Dinge gesagt. Sie sah mich groß an, und dann fiel sie mir um den Hals und küßte mich ab.

Aber um Weihnachten, als der Herzog wieder mit meinem Vater zur Jagd kam, da ergriffen mich ganz andere Empfindungen, die ich noch gar nicht gekannt hatte. – Mein Vater überraschte uns, und der Herzog hielt um meine Hand an.

Unsere Flitterwochen verlebten wir in Neapel. Ich war sehr, sehr glücklich. Dann zogen wir uns auf das Schloß Egersdorf in Mähren zurück, um abgeschlossen von allem Verkehr, solang es uns gefallen sollte, nur unserem Glücke zu leben. Ich sehnte mich nach einem Kinde, wie sich ein junges Weib nur danach sehnen kann. Es erschien mir gar nicht denkbar, daß mir jetzt diese Wonne nicht beschieden sein sollte. Während des ersten Jahres sprach ich auch täglich davon wie von etwas, was so sicher eintreffen mußte wie der Schnee und der Frühling. Es traf nicht ein. Ich betete ganze Nächte durch; ich lag auf den Knien und beschwor den lieben Gott unter heißen Tränen, er möge mich lieber sterben lassen als unserer Ehe seinen Segen zu versagen. Es traf nicht ein. Dabei begann der Herzog, mich schon ganz sonderbar anzusehen. Ich merkte es seiner Liebe an, daß sie kühler wurde. Wir langweilten uns.

Dann kam meine Kusine, die Gräfin Telecky, aus Wien zu uns zu Besuch. Dem Herzog war sie entsetzlich, aber für mich war sie eine ganz neue Welt. Sie hatte alles gelesen, alles was in Europa geschrieben worden: Ibsen, Tolstoi, Zola, Dostojewskij, Nietzsche, Sudermann; sie war eine wandelnde Leihbibliothek. In sechs Monaten hatte sie eine ebenso fanatische Atheistin aus mir gemacht, wie ich vorher eine gläubige Katholikin gewesen war. Und als ich nicht eine Spur, nicht einen Strohhalm von Glauben, von Gewißheit mehr in mir fühlte, als ich alles verloren, was mich bei einem schweren Unglück hätte aufrechterhalten können, da wurde ich gewahr, daß sie derweil meinen Gatten für sich gewonnen hatte und schon ein Kind von ihm unter dem Herzen trug.

Ich wurde besinnungslos nach Wien gebracht. Wochenlang lag ich im Fieber. Nach meiner Genesung fuhr ich zu meinem Vater, um ihn zu bitten, er möchte sich meiner Scheidung annehmen. Bei dem Worte ›Scheidung‹ wies er mir den Weg, den ich gekommen. Darauf reiste ich hierher, nach Berlin, um mich hier an einen Rechtsanwalt zu wenden, begegnete aber von der ersten Stunde an, in welche Gesellschaft ich gehen mochte, nur Geisteskindern in der Art, wie die Telecky eines war. Ich erschien mir wie ein Überbleibsel aus dem Mittelalter, das an einem unbeachteten Orte zufällig erhalten geblieben. Mich beseelte ein Feuereifer für alles Moderne. Ich schnitt mein schönes Haar ab, trug kein Korsett mehr, ging in Männerkleidern auf den Künstlerinnenball und schrieb über die Frauenfrage. Ehe ein Jahr verging, trat ich in öffentlichen Versammlungen auf.

In der Premiere von ›Hedda Gabler‹ lernte ich Dr. Rappart kennen. Wenige Tage darauf hörte ich ihn in einer sozialdemokratischen Versammlung reden. Dann besuchte er mich. Seine ersten Worte waren eine herzinnige Beschwörung, bei der Weiblichkeit, die in mir lebe, bei dem hohen Beruf, als Frau einen Mann glücklich zu machen, ich möchte doch dieses wüste Treiben aufgeben. Er sagte, ich handle gegen meine Natur, das möge für andere ganz gut sein, aber nicht für mich. Anfangs wehrte ich mich im Dienste unserer Sache, aber er hatte mich so ganz und gar durchschaut, ich saß ihm gegenüber wie ein Kind, dem man seine Unart verweist. – Bei seinem dritten Besuch bat er mich, seine Frau zu werden. Ich gab ihm einen Korb, so sehr ich ihn lieben gelernt hatte. Wo ich hinkam, erzählte man mir von ihm; ganz Berlin schwärmte für ihn, den Volkstribun, den künftigen Staatslenker. Bei einer Parade unter den Linden sah ich mit an, wie ihm das Volk tausendstimmig zujauchzte. Ich hörte Arbeiter untereinander darüber sprechen, daß dem Manne nichts teurer auf dieser Welt war als seine hohe Lebensaufgabe, und ich wußte, was ihm nächstdem das Teuerste war. Aber ich hatte keinen Mut mehr; ich fühlte mich ausgeschlossen von allem Menschenglück, weil ich daran zweifelte, daß ich je einem Manne Kinder schenken könnte.

Dann kamen die entsetzlichsten Tage, die ich erlebte. Ich beschloß zu sterben, ich nahm Morphium. Man schaffte mich in die Klinik. Als ich zu mir kam, schrie ich auf vor Jammer darüber, daß es umsonst gewesen. Aber da stand er neben mir und beugte sich über mich. Die Ärzte ließen uns allein, und da – da schwand meine Kraft wie nichts dahin, ich weinte und weinte an seiner Brust und erzählte ihm alles.

Ich beschwor ihn, mich abreisen zu lassen, aber er ließ mich keinen Tag mehr allein. Er erzählte mir damals Dinge, an die er selbst nicht glaubte, um mich zu trösten. Und schließlich ich wußte, wenn es noch irgendein Glück für mich zu erwarten gab auf dieser Welt, so war es bei ihm –, da fiel ich ihm um den Hals und ließ mich von ihm küssen, so grenzenlos unwürdig ich mir selber dabei erschien.

Wir ließen uns trauen; er bestand darauf, daß wir uns auch kirchlich trauen ließen. Ich verstand ihn sehr gut, aber ich wagte kein Wort einzuwenden. Und jetzt ... «

Die Fürstin erhob sich rasch, ging ins Nebenzimmer und holte den rosigen, kleinen, blauäugigen Sozialdemokraten aus seiner Wiege, der die junge Baronin, die sich gleichfalls erhoben hatte, schon mit den ernstesten Blicken maß.

»Jetzt denke dir mein Glück!«

Die Baronin lächelte. »Mir wäre ein kleiner Baron doch unendlich lieber – und sollte es auch nur eine Baronesse werden.«

Bei den Hallen

8. September

Ich erwache gegen vier. Die Vorhänge sind noch zugezogen. Es ist stockfinster im Zimmer. Ich zünde die Lichter an und stehe allmählich auf. Ich fühle mich von den gestrigen Strapazen wie neugeboren; eine eigentümliche Beweglichkeit in den Gelenken, den Kopf frei und den Körper um zwanzig Pfund leichter. Ich fühle mein spezifisches Gewicht ...

Wie ich auf die Straße trete, spielt die Abendsonne in den obersten Fensterscheiben. Ich gehe in mein kleines Restaurant, kaufe mir unterm Odeon Maeterlincks ›Princesse Malaine‹ und lese sie im Café auf einen Zug durch. – Hätte er seinen Geistern etwas mehr Fleisch gegeben, sie wären wohl auch länger am Leben geblieben. – Ich diniere im Palais Royal und arbeite zu Hause bis Mitternacht.

Wie ich um zwei Uhr aus der Brasserie Pont- Neuf komme, geht ein Mädchen in fliegendem Radmantel vor mir her; das erinnert mich an Marie Louise; aber sie ist es nicht.

Ich gehe zu Bovy im unbewußten Bedürfnis, etwas über Raimonde zu erfahren. Das einzig bekannte Gesicht in der kleinen Bude ist Marie Louise. Sie bittet mich um ein Glas Milch und erzählt mir, es habe sich gestern ein Mädchen im Cafe d'Harcourt auf der Terrasse mit Sublimat vergiftet. Raimonde sei noch im Quartier. Sie sei *dans la purée*. Sie habe vierzigtausend Francs Schulden. – Das erfüllt mich mit ungeheurer Genugtuung. Ich frage sie, ob sie noch Morphium nehme. Nein, schon lange nicht mehr. Sie schlägt ihren Radmantel auseinander und macht mich darauf aufmerksam, daß sie von ihrer Last befreit ist. Sie war ihrer Fehlgeburt wegen drei Wochen im Spital; dabei hat man ihr das Morphium abgewöhnt. Sie sieht auch in der Tat um nichts besser aus. Sie schminkt sich nicht mehr, schläft des Nachts wie ein Kind und ist beim Erwachen von keinen düsteren Gedanken mehr heimgesucht. Vor dem Einschlafen liest sie immer noch im Bett. Sie liest jetzt ›La faute de l'Abbé Mouret‹. Sie hätte sich nie gedacht, daß Zola ein so hübsches Buch schreiben könne. Sie hat vorher den ›Assommoir‹ angefangen, aber sie findet ihn geschmacklos und langweilig. So etwas könne sie auch noch schreiben, wenn sie die nötige Zeit hätte.

Derweil drängt sich ein Mädchen an mich heran, dem ich vor einem halben Jahr einmal einen Louisdor gegeben. Ich weiß nicht mehr, wie sie heißt. Damals war sie in Schwarz; jetzt trägt sie ein nagelneues helles Kleid mit blauseidenem Einsatz! Ich hatte ihr eines meiner feingeblümten Hemden gegeben, darauf nahm sie ein Buch zur Hand, ›La Fille Elisa‹ von Edmond de Goncourt, das mir die kleine Germaine geliehen, las es bis zum lichten Morgen durch und lief davon. Das Hemd hätte sie auch gern mitgenommen. Ich muß ihr versprochen haben, ihr statt dessen einen Brillantring zu schenken.

Sie hat ein rundes bleiches Gesichtchen mit vollen Wangen und hübschem Kinn, ein feines Stumpfnäschen, blühende Lippen, nach außen emporgezogene schmale Brauen und ein ungemein sympathisches, feuchtschwarzes Augenpaar.

Da sie äußerst elegant gekleidet ist und blinkende gelbe Glacés trägt, setze ich voraus, daß sie auch persönlich gewonnen hat. Sie wohnt auch nicht mehr Hotel Voltaire in der Rue de Seine, sondern in der Rue St. Sulpice im ersten Stock.

Ich frage sie, ob sie etwas trinken wolle. – Nein, sie habe keinen Durst.

Ich habe in meinem Leben kein so nettes, behagliches Zimmerchen gesehen.

Es ist mit gelbem, feingeblümtem Kattun austapeziert, als wäre mein Nachthemd von damals dazu verwendet worden. Aus dem nämlichen Stoff sind die enormen Bettgardinen, die das halbe Gemach einnehmen.

Das Mädchen in seinem korngelben hübschen Kleid mit dem blauen Einsatz paßt so ausgezeichnet in dieses niedliche Etui, daß ich mich in dem kleinen Raum zwischen Tür und Fenster von allem, von der Welt, von Sünde, von Verschwendung, Gefahr und Pflichten durch Ätherfernen getrennt fühle.

Sie fragt mich, ob ich gern eine Chartreuse trinke, nimmt ein geschliffenes Flacon vom Kamin und füllt zwei Gläschen.

Die Chartreuse hatte die Farbe von flüssigem Gold und rinnt auch so ungefähr durch die Adern. Dabei sprechen wir über ihre »Kolleginnen«.

Ob Lulu und Nini sich lieben, wisse sie nicht; es sei möglich, warum nicht. Lulu wohne zwar in ihren eigenen Möbeln, es sei aber nur ein ganz kleines Loch, ein einziges Zimmer, in dem sie ihre paar Möbel aufgestellt. Dabei sage sie jedermann, dem sie begegnet, sie wohne in ihren eigenen Möbeln. Lulu sei entschieden die Dominierende, die Intelligenz, während Nini den Pudel machen müsse und nur mit denjenigen Herren gehen dürfe, die ihr Lulu erlaube. – Ob ich Lulu denn kenne?

Ich sage nein und füge unvorsichtigerweise hinzu, es sei meine Schuld nicht.

Darauf kommt die Rede auf Raimonde. – Ja, das sei eine! – Sie hat mich in jener denkwürdigen Nacht mit ihr *au grand Comptoir* gesehen. – Auf wieviel einen denn die wohl zu stehen komme?

Um meine Unvorsichtigkeit mit Lulu wieder gutzumachen, sage ich auf – fünfzehn Francs.

Pas plus que ca?

Nein. Sie habe noch darum winseln müssen.

Wie mir denn Raimonde gefalle?

Ich schüttle ernst den Kopf und sage: »*C'est une belle femme!*«

Darauf zählt sie mir Raimondes sämtliche Geliebten her – *la grande Zusanne*, die kleine Lucie, die damals mit uns *au grand Comptoir* war, die hübsche Lucienne, die mit uns zusammen bei Barrat war usw. usw. – sie begreife es nicht, wie man sich mit einem Mädchen schlafen legen könne!

Ich sage, sie werde sich wohl einen Geliebten halten.

Oh là là! Es seien die Freunde von andern Mädchen, die zu ihr kämen, um das Geld, was die Mädchen ihnen geben, mit ihr durchzubringen. Daher kenne sie es. Nein, sich möchte in ihrem Leben keinen Geliebten.

Ich sage, es sei doch schön, einen zu haben, der einem ganz gehöre, mit dem man nicht handeln müsse, dem man Gutes tun und dem man sich nur aus Liebe geben könne.

Sie lachte hell auf. Es seien ja die Männer, die die Frauen, von denen sie Geld hätten, beherrschen. Die Frauen lägen ja vor ihnen auf dem Fußboden. Es seien ja nur Sklavinnen.

Während wir so sprechen, sehe ich ein Kartenspiel auf dem Tisch. Ich frage sie, ob sie die Karten schlage; sie fragt mich, ob sie sie mir schlagen soll – *dire la bonne aventure*, die Prozedur nimmt eine gute halbe Stunde in Anspruch. Wir nehmen einander gegenüber Platz, und sie erzählt mir viel von meiner Mutter, von meinen beiden Schwestern, von einem Haufen Gold, den ich von einem blonden Herrn erhalten werde, in dem ich sofort meinen Verleger erkenne.

... eine Stunde später wird meine Angebetete plötzlich munter und meint, wir könnten noch ein wenig zu den Hallen gehen, *un peu vadrouiller*. Es sei so warm draußen und so eng hier im Zimmer. – Meine Einwendungen helfen nicht viel. Ich erhebe mich mit Ach und Krach, wir trinken rasch noch eine Chartreuse und schlendern durch die graue Morgendämmerung über den Pont-Neuf den Hallen zu. Sie möchte nur gerne eine *Soupe au fromage* essen *au grand Comptoir*. Es werde jedenfalls große Gesellschaft da sein.

Es ist weder Musik noch Gesellschaft da. Im hintern Lokal sitzen einige vereinsamte Grisetten. Meine Schöne bestellt die Suppe, ich eine Flasche Wein, und wir essen schweigend in uns hinein. Darauf kommt der Kellner: *Des écrevisses? Une douzaine de Marenes? Un demi poulet?* – Sie schüttelte dreimal den Kopf, und der Kellner geht. Das rührt mich fast zu Tränen. Ich rufe ihn zurück, er solle zwei Dutzend Austern bringen; und während wir sie schlürfen, sage ich, wir wollten dann zum Kaffee zu Barrat gehen.

Bei Barrat sind die Lampen schon ausgelöscht. Uns gegenüber sitzt die Musikergesellschaft und verzehrt ihr Souper. Meine Schöne fragt mich, wie mir die Frau gefalle. Ich entgegne, sie habe nur zu sehr das Aussehen einer Kokotte. Darauf fragt sie mich, ob sie denn nicht das Aussehen einer Kokotte habe. Ich sage ihr eine Schmeichelei, worauf sie mich fragt, ob denn Raimonde nicht das Aussehen einer Kokotte habe? – » *Mais c'est une belle femme!*« sage ich, was sie mir zugesteht: » *Tu l'aimes à la folie!*«

Ich habe fünf oder sechs Tassen getrunken und möchte noch mehr. Aber hier ist mir der Kaffee zu teuer, die Portion kostet einen Franc. So mache ich den Vorschlag, wir wollten noch *au Chien qui fume* gehen. Sie kennt das Lokal nicht. Ich sage, es liege dicht in der Nähe. So pilgern wir im ersten Sonnenblick des Tages durch endlose Spaliere von Blumenkohl, von weißen und roten Rüben *au Chien qui fume*, klettern die Wendeltreppe zum Salon hinauf, setzen uns ans Fenster und haben das dichte Marktgewühl der Hallen unter unsern Augen. Wir kommen dahin überein, daß es nichts Schöneres auf Gottes Welt gibt als mit anzusehen, wie so recht gehörig gearbeitet wird.

Um unseren Betrachtungen im vollsten Maße gerecht zu werden, bestelle ich statt des Kaffees wieder Austern und eine Flasche recht kräftigen Wein dazu.

Der große Napoleon liefert den Stoff zur Unterhaltung. Mein kleiner Engel betet ihn an. Wenn sie ein Mann wäre, dann könnte sich Europa in acht nehmen! – Wir sprechen vom Herzog von Leuchtenberg, für dessen schöne Augen sie schwärmt, und ich schildere ihr das prachtvolle Grabmonument, das er in der Michaelskirche in München hat. Sie meint, er sei der Schwager Napoleons gewesen. Ich halte ihn für seinen Stiefsohn. Wir sind beide unserer Sache nicht ganz sicher.

Sie hat kürzlich ein Buch gelesen, der Name des Autors ist ihr entfallen, das sämtliche Mätressen am französischen Hof, von Diane de Poitiers bis auf die schöne Therese, behandelt. So sprechen wir von der Dubarry, der Maintenon, Madame de Pompadour, Madame de Sévignée, Madame de Staël, von Adèle Courtois, von der Soubise, von Cora Pearl, Giulia Barucci, Anna Deslions und gelangen schließlich glücklich bei der Päpstin Johanna an.

Dann kommt die Rede auf kulinarische Genüsse, auf die verschiedenen Restaurants im Quartier und *à l'autr' côté de l'Eau*. Mit den kleinen Restaurants mit festen Preisen sei es nichts. Man bekomme zwar ein vollständiges Diner, aber werde nicht satt davon, wenn man arbeite. – Ich muß ihr recht geben. Ich habe die gleiche Erfahrung gemacht. – Ebenso wie ich, kann sie nur grüne Gemüse verdauen. Von Spargeln abgesehen, zieht sie Brüsseler Kohl allen übrigen vor. Blumenkohl ist ihr zu fade. Es geht ihr wie mir. Wir sprechen von frischen Erdbeeren, von Ananas; wir werden allmählich ein Herz und eine Seele. Wie sie einen Augenblick hinausgeht, bitte ich den Kellner, eine Flasche Pommery zu bringen.

Ein milder Sonnenschein liegt über den Hallen. Vor unserem Fenster wimmelt es wie ein Ameisenhaufen. Die hohen bunten Barrikaden aus Rüben und Blumenkohl sind schon verschwunden – vielleicht schon gegessen. Ich fühle mich unsagbar wohl.

Das Mädchen scheint mir aus guter Familie. Ich bemerke nichts an ihr, was dem nicht entspräche. Sie setzt sich mir wieder gegenüber und hebt das Glas zum Mund, wie sie es in besserer Gesellschaft nicht besser könnte. – Sie ist aus der Normandie, aus Falaise. Ich kenne das Nest zur Genüge, um sie kontrollieren zu können. Die ›Maison Tellier‹ von Maupassant hat sie auch gelesen, aber lenkt das Gespräch davon ab. Sie sagt, sie habe in Falaise noch eine reiche verheiratete Schwester, die jeden Winter nach Paris komme, aber sie sähe sie nicht. Sie selber erwartet auch noch Geld, wenn sie volljährig geworden, einige dreißig- bis vierzigtausend Francs. Sie werde sich jedenfalls sofort Toiletten kaufen und wohl in drei Monaten damit fertig sein. Vom geringsten Wunsch, sich bei der Gelegenheit wieder ins Privatleben zurückzuziehen, ist nichts zu entdecken. Sie sagt, sie passe nicht mehr dahin, nach Falaise, wo man abends um acht Uhr schlafen gehe und morgens um sieben Uhr aufstehe, wo man Sommer und Winter nicht ins Café gehe und das Jahr nicht eine Nacht vadrouillieren könne. Ich mache ihr den Vorschlag, wenn sie ihr Geld bekomme, mich zu ihrem speziellen Freunde zu wählen. Ich mache sie auf meine Vorzüge aufmerksam, auf mein leichtes Gemüt und meine Übung im Verkehr mit Damen. Sie lacht und sagt, ich sei ja reicher als sie. Ich schüttle den Kopf, ich hätte keine dreißig- bis vierzigtausend Francs mehr zu erwarten. Gut denn, sie sei damit einverstanden, wenn ich das, was ich noch hätte, mit ihr durchbringen wolle; ich brauche es nur auf den Tisch zu legen. Ich ziehe vor, nicht darauf einzugehen, um meinen Kredit nicht zu schädigen.

Ich sehe nach der Uhr und sage mir, sie ist stehengeblieben. Ich frage den Kellner: Weiß Gott schon halb eins! Meine Schöne ist nicht weniger überrascht. Jetzt müssen wir doch notwendig noch dejeunieren.

Vor dem Spiegel will sie ihr Haar ordnen, aber sie sieht sich nicht. Der Spiegel ist von oben bis unten über und über mit Inschriften bedeckt; nicht so viel freier Raum, um eine Briefmarke darauf zu kleben. Dessen ungeachtet bittet sie mich um einen Diamanten. Ich gebe ihr meinen Hemdknopf, aber er schreibt nicht. Ich sage, ich müsse ihn gelegentlich wieder schleifen lassen.

Der blendenden Sonne wegen gehen wir unter den Hallen durch, und zwar über den Blumenmarkt. Rosen vom zartesten Schnee bis zur tiefsten Kohlenglut liegen zur Rechten und zur Linken haushoch aufgeschichtet. Ich ziehe gierig den betäubenden Duft in die Nase. Ich empfinde ihn als ein kräftiges Stärkungsmittel. Im »Grand Comptoir« herrscht angenehme Kühle. Der Kellner, der sich erinnert, uns vor zehn Stunden schon einmal gesehen zu haben, fällt vor Ehrfurcht auf den Bauch. Wir hegen beide das Bedürfnis nach etwas Erfrischendem und dejeunieren mehr aus Pflichtgefühl. Wir einigen uns über ein Poulet-Mayonnaise, eine riesige Schüssel Salat, einen Korb voll Pfirsiche und saftiger Birnen und einen leichten Weißwein. Den Kaffee werden wir im Quartier einnehmen.

Mit den appetitlichsten Fingern einen Pfirsich schälend, fragt mich meine Schöne, wie sie denn nun eigentlich aussähe. Ich sage natürlich: Bezaubernd. Sie sieht ein ganz klein wenig nach dem Seziersaal aus. Der feuchte Glanz ihrer Augen ist indessen noch der nämliche und, was mich nicht weiter überrascht, auch das blühende Rot ihrer Lippen.

»Du hast etwas Karmin aufgelegt?«

»Nein, das ist echt. Ich habe immer solche Lippen.« – Und sie beweist es mir, indem sie mit aller Energie mit dem feuchten Taschentuch reibt. Das braucht sie gerade nicht blasser zu machen, denk ich mir, aber was liegt mir denn daran.

Im offenen Fiaker fahren wir über den Pont St. Michel ins Quartier zurück. Paris zeigt sich uns in seinem schönsten Glanz; oder bin ich vielleicht außergewöhnlich dafür empfänglich? Die glitzernde blaue Seine mit ihren unzähligen Dampfschwalben, ihren dunklen Bugsierschiffen, ihren langen, weiß schimmernden Kähnen, die Bäume auf dem Boulevard, deren letztes Grün in der warmen Mittagsluft zittert, in deren Zweigen da und dort noch bunte Serpentinen vom letztjährigen Karneval baumeln – alles trägt dazu bei, meine Stimmung zu erhöhen, und scheint mir vom lieben Gott auch nur dazu geschaffen zu sein.

Im Cafe de la Source schlug mir meine Angebetete eine Partie *Petits paquets* vor. Sie gewinnt eine Kleinigkeit, die ich ihr in zwei Taillen wieder abnehme. Darauf gewinnt sie fünf Francs, bricht das Spiel ab und dringt auf Bezahlung. Ich vertröste sie auf übermorgen; da sie aber nicht nachläßt, rücke ich schließlich, in der Erwägung, daß für sie, umgekehrt wie für mich, Zeit Geld ist, damit heraus, unter der Bedingung, daß sie mir im Cafe Vachette noch einen Kaffee bezahlt. Ich habe tatsächlich keinen Sou mehr in der Tasche.

Wir schlendern ins Cafe Vachette. Der Kellner, der mich hier täglich in meiner einsamen Ecke sieht, fragt mich mit verdoppelter Höflichkeit, was gefällig sei. Ich verweise ihn an Madame. Madame fühlt sich in ungeheuchelter Verlegenheit. Sie stammelt mit niedergeschlagenen Augen: »Zwei Kaffee.« – »Mit Kognak?« fragt mich der Kellner. – Das hänge von Madame ab. – »Mit Kognak natürlich!« beeilt sich Madame zu bemerken.

Wir fühlen uns beide etwas abgeschlagen. Nachdem ich ausgetrunken, bitte ich sie, mir noch einen zu bezahlen. Die fünf Francs hält sie in der Hand; sie hat sie noch nicht eingesteckt, und wie der Kellner vorbeikommt, bestellt sie noch einen Kaffee für mich.

Es ist halb vier. Ich habe nicht mehr viel Zeit übrig. Wir gehen zusammen zum Carrefour de l'Odeon, dort trennen wir uns. Ich sehe ihr noch eine Weile nach. Wie sie mit ihrem leichten elastischen Schritt um die Ecke von St. Sulpice biegt, fällt mir ein, daß ich vergessen habe, sie nach ihrem Namen zu fragen. Ich gehe in mein Hotel, ziehe die Gardinen zu und lege mich angekleidet aufs Bett.

Wie ich diese Zeilen wieder durchlese, fällt mir etwas an ihnen auf. Das ist das eigentümlichste an Tagebuchblättern, wenn sie echt sind, daß sie keine Ereignisse enthalten. Sobald die Ereignisse ins Leben eingreifen, verlieren sich Freude, Interesse und Zeit für das Tagebuch, und der Mensch findet die spontane Naivität des Kindes oder des Tieres in seiner Wildnis wieder.

Ich langweile mich

9. Februar 1883. Ich langweile mich so entsetzlich, daß ich wieder meine Zuflucht zu meinem Tagebuch nehme, das ich seit zehn Monaten nicht mehr weitergeführt habe. Zu Tisch kommt Wilhelmine, und wie Karl und ich sie den Schloßberg hinunterbegleiten, überlege ich mir, wie es am besten anzufangen wäre, sie für den Winter zum Austausch von Zärtlichkeiten zu bewegen. Sie ist in der Tat ganz reizend geworden, ihre schwarzen Augen, ihr hübsches Köpfchen, die hübschen vollen Arme, mit denen sie nach Herzenslust prahlt. Sie steht offenbar erst jetzt, wiewohl schon siebenundzwanzig Jahr alt, in ihrer vollen Blüte.

12. Februar. Wilhelmine läßt mir sagen, ich möchte sie zur Eisbahn abholen und daß sie bis über die Ohren verliebt sei. Wie ich eintrete in ihr Boudoir, drückt sie mir eine Photographie in Kabinettformat in die Hände, das sei er. Während ich ihn mir betrachte, pflanzt sie sich mit dem Album in der Hand vor mir auf und rezitiert mit haarsträubenden Gebärden einige Knittel, die sie an ihn gerichtet. Auf der Eisbahn, während wir Hand in Hand Schlittschuh laufen, zieht sie die Photographie wieder aus der Tasche, beliebäugelt sie und verliert alle zehn Schritt einen Schlittschuh. Das nämliche Spiel vollzieht sich während des Heimweges. Auf meiner Stube bedeckt sie das Bild mit Küssen und läßt es von oben nach unten und von unten nach oben langsam aus der Enveloppe gleiten, um die verschiedenen Reize gradatim und detailliert genießen zu können. Nur vier Wochen möchte sie mit ihm zusammen reisen können; er ist nämlich ein berühmter Tenor. Für ein halbes Jahr mit ihm gäbe sie gern ihr ganzes übriges Leben hin. Ich kann es ihr nicht verdenken; ihr Leben war bis jetzt ziemlich eintönig und freudlos und wird es voraussichtlich auch in Zukunft sein. Während wir vierhändig spielen, drückt sie bei jeder Viertelpause einen Kuß auf die angebeteten Züge. Nach Schluß der Etüde verfällt sie in absolute Agonie, sinkt in der Sofaecke zusammen und läßt sich ohne das geringste Widerstreben von mir liebkosen. Nur hin und wieder stammelt sie mit ersterbender Stimme: »Ach, du bist so unappetitlich, so unappetitlich!« –

Gott segne dich, göttlicher Tenor. So freilich hatte ich mir die Entwicklung nicht vorgestellt. Ich scheine mich nicht mehr so fürchterlich langweilen zu sollen.

13. Februar. Wilhelmine empfängt mich mit offenen Armen. Sie hätte am Abend ihre Arie nicht singen können, wenn ich sie nicht vorher in Stimmung versetzt hätte. Der Cäcilienverein will nämlich den ›Waffenschmied‹ aufführen. Sie behauptet, ich hätte zu weichliche, weibliche Lippen. Ich alter Schafskopf exekutiere meine alten probaten Komödien. Sie besteht übrigens darauf, daß von Liebe zwischen uns nicht die Rede sein könne. Mir ist es furchtbar gleichgültig, wovon die Rede ist. Wenn ihr Mund nur zum Sprechen da wäre, würde ich ihn ihr zunähen. Der Wolkenbruch ihrer Gefühle läßt mich zu keinem Angriff gelangen. Ich liebe den Ernst und die Ruhe, wenn es sich um Vergnügungen handelt. Nach zehn Minuten erklärt sie sich Gott sei Dank für gesättigt. Sie hat auch schon ein Gedicht an mich gemacht, das indessen trotzdem von Liebe handelt. Sie beherrscht offenbar die Sprache nicht genug, um das Wort zu vermeiden. Darauf erzählt sie mir, wie und wo sie küssen gelernt habe, eine langweilige larmoyante Geschichte ohne Höhen und Tiefen, aus der ich aber die Überzeugung gewinne, daß sie ihren Mädchennamen noch mit voller Berechtigung führt. Plötzlich fragt sie mich, wo ich es gelernt habe, aber ich hülle mich, so unerwartet überrascht, in düsteres Schweigen, indem ich mich meiner Lehrerin, der guten alten Tante Helene, herzlich schäme.

16. Februar. Nach Tisch gehe ich, um Wilhelmine zum Abendbrot abzuholen. Sie sagt, von heute ab müsse alles zwischen uns aufhören. Ich entgegnete, ich hätte ja noch gar nicht angefangen, ob sie ungeduldig sei, mir eile es durchaus nicht. Sie hat nicht weniger als sechs Gedichte gemacht, die ihren Entschluß variieren. Sie holt ihren Revolver, drückt mich ins Sofa, stemmt mir das Kinn gegen die Brust und liest mir, den gespannten Revolver gegen meine Stirn gerichtet, ihre Gedichte vor. Zitternd an allen Gliedern, bitte ich sie, aufzuhören. Plötzlich wirft sie mir ein weißseidenes Tuch über den Kopf, fällt mir um den Hals und küßt mich durch das Tuch, gerät dann über sich selbst in Wut und wirft mir ihren Pantoffel ins Gesicht. Darauf beschwört sie mich, ich möchte auch einmal ein Gedicht an sie machen. Ich schreibe drei kurze Strophen zusammen, in

denen ich aber Brodem auf Sodom reime, wodurch sie tief beleidigt ist.

Abends auf dem Söller in der Fensternische gesteht sie mir, sie habe nur einmal schmecken wollen, wie die Liebe tue, und sei an der Angel hängen geblieben. Übrigens wolle sie aufhören, bevor sie beiseite gelegt werde. Dann verlangt sie auch von mir volle Aufrichtigkeit. Ich frage sie, ob sie wisse, was das Entsetzlichste im Leben sei. Sie antwortet: Begierde ohne Befriedigung. Ich schüttle den Kopf; ich flüstere ihr ins Ohr: Langeweile! – Sie empfindet tiefes Mitleid mit mir.

Beim Souper wird die Frage aufgeworfen, ob der Weg zu den Lippen durchs Herz, oder ob der Weg zum Herzen über die Lippen gehe. Die Meinungen sind sehr geteilt, und die Diskussion wird lebhaft. Meine Mutter verteidigt den Weg durchs Herz; Wilhelmine spricht mit aller Entschiedenheit für den Weg über die Lippen. Karl, der seit acht Tagen von früh bis spät Holz spaltet, um seine Nerven zu beruhigen, meint, der Weg zum Herzen führe nicht über die Lippen, sondern durch die Ohren, und der Weg über die Lippen führe nicht zum Herzen, sondern in den Magen. Wilhelmine will mein Gedicht zum besten geben, kommt aber nicht dazu, da sie es in ihrem Busen verwahrt hält. Meine Mutter meint, wir seien ja unter uns, aber meine Teure entgegnet, es sitze zu tief. Bei diesen Worten schlägt Karl errötend die Augen nieder.

Nach dem Souper zünden Karl und ich im Saal eine große Reiswelle im Kamin an. Darauf holen wir vom Estrich über den Verliesen den Koffer mit den türkischen Kleidern. Als wir ihn über den Hof tragen, schlagen die hellen Funken aus dem Schornstein über dem Saal und verlieren sich oben in den Sternen. Karl meint, wenn das Dach Feuer fange, hätten wir nicht einmal Wasser, da der Weiher zugefroren sei. Ich beruhige ihn; was es denn schaden würde, wenn das ganze Schloß in Flammen aufginge! die Herrlichkeit dauere ja doch nicht mehr lange.

Im Saal kostümiert sich die ganze Gesellschaft türkisch. Meine Mutter trägt einen bis zur Erde reichenden Mantel aus Genueser Sammet mit goldenen Borten. Darin tanzt sie mit unvergleichlicher Verve und Biegsamkeit eine Samaqueca auf dem Smyrnateppich. Wilhelmine, Karl, die beiden Kleinen und ich sitzen auf Sofakissen um sie herum und trinken Kaffee. Karl spielt die Handharmonika, und ich begleite ihn auf der Gitarre. Darauf tanzen Gretchen und Elsa ein Pas de deux, das ihnen meine Mutter einstudiert hat. Dann erzählt sie von ihren einstigen Bühnenerlebnissen in San Francisco, in Valparaiso, von dem Leben auf den Haziendas und von ihrem ersten Mann, der am Schluß jedes Konzertes schon immer alles wieder verspielt hatte, was er beim Beginn an der Kasse eingenommen. Er sollte nicht weniger als dreimal in seinem Leben erschossen werden, einmal bei einem Aufstand in Venezuela, einmal bei der Kommune und zum letztenmal im russisch-türkischen Krieg. Gegenwärtig fungiert er als Zeremonienmeister im Palais des Glaces in Paris. Ich freue mich unendlich darauf, ihn kennenzulernen. Plötzlich entdeckt Gretchen mit ihrem alles durchdringenden Blick einen blutroten Flecken an meinem Hals. Es wird mir schwer, das Lachen zu verbeißen. Als ich Wilhelmine den Berg hinunter begleite, bringe ich ihr, um sie zu trösten, auf allerhand Schleichwegen bei, daß sie nicht die einzige sei, sondern nur eine Repräsentantin; daß das gerade für mich das Interessante sei, sie in erster Linie als Typus und dann erst als Individuum zu betrachten. Ich sage ihr, die Menschen glaubten so häufig, die einzigen in ihrer Art zu sein, so auch die Männer, wenn sie an eingebildeten Krankheiten litten. Würden sie sich vergegenwärtigen, daß das fast jedermann begegnet, so wäre die Krankheit schon geheilt.

17. Februar. Zwischen zwei und drei Uhr gehe ich zu Wilhelmine. Ihre Schwester ist zu Hause. Als sie endlich in ihren Frauenverein geht, sehen wir beide ihr mit Gefallen zum Fenster hinaus nach. Es gibt Menschen, die man lieber von hinten als von vorne sieht, die von vorne gesehen Schmerz, von hinten gesehen Freude verursachen. Ich erkläre Wilhelmine, das sei der Grund der griechischen Liebe. Sie begreift nicht, wie ein so auf das Alleräußerlichste gerichteter Geist wie ich überhaupt nur über eine so ernste Frage nachdenken könne. Dann sprechen wir über Zylinderhüte. Wenn ich sie völlig abkühlen wolle, dann brauche ich nur im Zylinder zu ihr zu kommen. Wir wollten uns im Künstlerhut trauen und im Zylinder scheiden lassen. Beim Abschied bittet sie mich, wenn ich nur einen Funken Gefühl für sie habe, solle ich bis morgen ein Gedicht an sie machen. Wir wollten zusammen nach Aarau fahren, und ich sollte es ihr im Bahncoupé vorlesen. Gretchen kommt, um ihre Klavier-

stunde zu nehmen. Wilhelmine schiebt mich lautlos ins Nebenzimmer, würgt mich, daß ich blau und rot werde, und kehrt mit der mütterlichen Ruhe einer Madonna ins Musikzimmer zurück, während ich mich auf den Zehenspitzen zum Haus hinausschleiche.

Nach dem Souper durchsuche ich meine sämtlichen Gedichte, kann aber nichts Passendes finden. Ich strecke mich der Länge nach auf den Diwan, aber es gelingt mir nicht, meine Gedanken auf sie zu konzentrieren. Ich schlafe ein.

18. Februar. Der große Tag. Nach Tisch stecke ich einen leeren Bogen Papier zu mir, in der Hoffnung, daß mir auf dem Weg den Berg hinunter noch etwas einfällt. Auf dem Bahnhof stürzt mir Wilhelmine entgegen, wo mein Gedicht sei. Ich sage, ich könne es ihr hier nicht vorlesen, und führe sie zu einer abgelegenen Bank in den Anlagen. Dort überreiche ich ihr den zusammengelegten Bogen, den sie mit vor Stolz und Freude strahlendem Gesicht entfaltet. Als sie nichts darauf geschrieben findet, sage ich, ich müsse die beiden Blätter zu Hause verwechselt haben. Sie gibt mir mit zornfunkelnden Augen eine Ohrfeige. Gott sei Dank fährt gleich darauf der Zug herein. Im Coupé küsse ich ihr ununterbrochen die Hand und versichere sie meiner aufrichtigen Liebe. In Aarau gelingt es mir bei einem Glase Bier im Gasthaus »Zum wilden Mann«, ihre Nerven völlig zu beruhigen. Auf der Rückfahrt sitzen wir im ersten Wagen hinter der Lokomotive, und das Coupé liegt direkt über der Wagenachse. Wir werden bei der ersten Weiche von den Polstern emporgeschleudert, und ich halte sie in den Armen, geradeso wie vor drei Jahren auf der nämlichen Strecke, in dem nämlichen Coupé vielleicht, die rotlockige kleine Delila. Es war im letzten Jahr, da ich in Aarau das Gymnasium besuchte; und wir, Delila und ich, fuhren jeden Morgen zusammen zur Schule und abends wieder zurück. Morgens überhörten wir uns gegenseitig unsere Arbeiten, und abends rauchten wir zusammen Zigaretten. Jetzt ist sie irgendwo Lehrerin und erzieht die kleinen Mädchen zur Tugend und Sittsamkeit. Der Unterschied ist immerhin ein bedeutender. Dort selige Hingabe, hier immer noch ängstliche Verschämtheit. Aber hier und dort die nämlichen läppischen Zwischenbemerkungen. Trotz der trüben, flackernden Beleuchtung sehe ich den Flaum auf der Wange, dazwischen einige Leberflecke und neben dem Auge zwei Runzeln, alles wie unter einem Mikroskop in fünfhundertfacher Ver-

größerung. Und ich frage mich, ob wohl der zarteste Teint in solcher Nähe standhält. Ich suche keine weitere Unterhaltung mehr anzuknüpfen, indem ich sie zur Genüge mit sich selber beschäftigt sehe, und bringe sie unter absolutem Stillschweigen nach Hause.

19. Februar. Zu Tisch kommt Wilhelmine, hält darauf auf meinem Diwan Siesta und versinkt sofort in tiefen Schlaf. Beim Erwachen erklärt sie mir, sie sei einerseits zu jung und anderseits zu alt für mich; ich müsse eigentlich zwei Frauen haben, eine von sechzehn und eine andere von sechsundvierzig Jahren. Darauf bittet sie mich, zu ihrer Schwester, der Frau Gerichtspräsidentin, zu gehen und ihr zu sagen, daß sie, Wilhelmine, morgen nicht in das Kaffeekränzchen kommen könne, da sie beim Stadtschreiber eine Klavierstunde zu geben habe. Unter fortwährenden Wonneschauern gehe ich darauf zum Gerichtspräsidenten. Ich klopfe an, Elisabeth öffnet und reicht mir freundlich die Hand. Das genügt, um mich für den ganzen Abend zum aufrichtigsten Ehestandskandidaten zu machen. Elisabeth ist fünfzehn Jahr alt, ein klein wenig plump, mit der strotzenden Büste und den wonnigen Hüften, wie sie diesem Alter manchmal eigen sind. Sie hat weder kleine Hände noch kleine Füße, aber einen angenehmen, ernstgemessenen Gang. Ihre Züge sind voll und blühend, wenn auch etwas scheu, die großen dunkelblauen Augen blond, wenn auch etwas düster umrahmt. Ihr Anblick verwirrt mich, und ich muß bereuen, ihr nicht ein freundliches Wort gesagt zu haben. Ihre Mutter empfängt mich im Salon. Es macht einen eigentümlichen Eindruck auf mich, dieses Haus, das ich nicht mehr betreten, seit es eben gebaut war, nun so vollständig durchwohnt zu finden. Die jüngeren Brüder toben ums Haus herum, mit Wegfahren eines großen Aschenhaufens beschäftigt. Die Mutter erzählt mir mit Behagen und Stolz von ihrem Manne. Der Alte tritt ein und kneift seine Frau immer noch zur Begrüßung in den Arm. Auf dem Heimweg träume ich aufs lebhafteste davon, das hübsche kleine Tier baldmöglichst zu heiraten, sie in die große Welt hinauszuführen, auf Reisen und Abenteuer, in unserem Schloß uns ein herrliches Buen-Retiro wahrend. Ich träume mir den ehrenfesten Gerichtspräsidenten als Schwiegerpapa, ich träume mir die Elisabeth als Gattin, als Mutter, als Matrone an meiner Seite im Kreis einer Schar kräftiger Kinder und Kindeskinder.

1. März. Bei leichtem Schneefall führe ich Wilhelmine die Straße nach Seon hinaus und in den Wald hinein, wo sie in den frischen Fußstapfen ihres Vaters zu wandeln glaubt, der um Mittag auf die Jagd gegangen ist. Die feierliche Stille, der Friede der toten Natur begeistern uns zu endlosen Liebesgesprächen. Wäre ich Maler, ich würde sie heute heiraten. Für den Schriftsteller wäre die Ehe ein Verderb. Wenn ich gar aus Liebe heiratete, mich mit der Welt aussöhnte, dann könnte ich mich nur gleich begraben lassen. Sie sehnt sich danach, noch einmal recht innig zu lieben, aber nicht jetzt, später, so spät wie möglich. Sie behauptet, wenn ich jetzt auch wollte, sie würde gar nicht einschlagen. Darauf beginne ich aus voller Brust zu renommieren. Eine halbe Stunde nur, nur der Weg von hier bis nach Hause, und sie wäre bis zum Wahnsinn in mich verliebt. Sie schluchzt abgewandt in ihr Taschentuch. Ich sage, ich brauchte nur dem Idealismus die Zügel schießen zu lassen; es würde um so unfehlbarer auf sie wirken, da sie mich nur als Müßiggänger kenne. Sie bittet mich, sie nach Hause zu bringen. Sehr gestärkt kehre ich zurück. Zu Hause ist alles still. Ich lege mich früh zu Bett und sehne mich nach Paris.

9. März. Wilhelmine predigt Moral, sie fühle, sie habe eingebüßt, sie sei nicht mit sich einig, sie sage sich dann und wann, es sei unrecht. Sie fährt freudig auf und fragt mich auf Ehre und Gewissen, was sie mir sei. – Wozu sie das wissen wolle? – Das könne mir gleich sein. – Ich sage, ich könne sie ja auch anlügen. – Sie läßt den Kopf sinken: das sei eben das Traurige; damit behalte ich immer die Oberhand. – Ich frage sie, warum sie denn so plötzlich aufgefahren sei; wozu sie überhaupt gefragt habe. – Sie sagt, sie würde sich freier fühlen, wenn sie Gewißheit habe. – Ich sage: Gesetzt den Fall, sie sei mir nur Spielzeug. – Sie sieht über mich weg: Ich sei ihr eine angenehme Unterhaltung gewesen! – Vielleicht auch eine Fundgrube, eine Art Konversationslexikon? – An ihr, sagt sie, hätte ich wie an einem festgeschnallten Kaninchen Vivisektion geübt. Aber wozu denn das alles? – Sie fühle sich freier. Ich frage sie, ob sie nicht geglaubt, es habe doch vielleicht ein tieferes Gefühl bei mir Wurzeln gefaßt? – Oh, nie und nimmer! Sie frage mich einzig und allein ihrer selbst wegen. – Abschied unter endlosen Umarmungen. Unter der Bahnbrücke begegne ich richtig noch der kleinen Elisabeth. Sie grüßt mich mit freundlichem Kopfnicken, was mir wohltut bis in

die kleine Zehe. Ich erwidere ihren Gruß so würdevoll als möglich. Lächeln mag ich nicht. Ich fürchte den Scharfblick der Unschuld. Sie hat übrigens herrliche Lippen und tiefdunkelblaue Augen. Zu Hause ergehe ich mich noch eine Stunde in gehobener Stimmung auf der hohen Schanze in der lauen Frühlingsluft. Die Amseln haben zu singen begonnen. Auf Schwarzwald und Jura leuchten die Fastnachtfeuer. Langweiliger Abend im Saal.

20. März. Nachdem ich seit vierzehn Tagen zum erstenmal wieder gefrühstückt, gehe ich ins Turnexamen der Mädchenschule. Die zweite Klasse hegt in ihrem Schoß nur ein einziges hübsches Mädchen; ein äußerst feines Gesicht, Teint wie Milch, schwarze Augen, feine Nase. Ausdruck ist wenig da bis auf einen Anflug von Verschmitztheit, der hinter der Maske lauert. Ein feiner Fuß und eine schlechte Haltung. In der dritten und vierten Klasse, die zusammen turnen, ist ebenfalls nur eine bemerkenswert, aber dafür ein Prachtstück, meine Elisabeth. Sie hat ihren Platz dicht vor uns. Ein strotzender Körper, ein gesundes Gesicht, frisch, ernst und nicht dumm.

Musterhafte Haltung und eine durch die Fülle bedingte Weichheit in der Bewegung. Geradezu entzückend ist ein von den Mädchen aufgeführter Stabreigen, wozu der alte Lehrer ein altmodisches Menuett geigt.

25. März. Nach Tisch kommt meine Orsina herauf. Sie hat wieder ein ganzes Schock Gedichte an mich gemacht. Ich fühle mich außerstande, sie anzuhören. Wilhelmine ist tief gekränkt. Ich tröste sie, indem ich ihr zeige, daß ich ihren Kummer begreife. Sie ist hausbacken sinnlich. Beim Kaffee werfe ich Gretchen aus purer Enervation einen Butterbrotteller an den Kopf. Sie weint und schließt sich in ihr Zimmer ein. Darauf gehe ich ins Examen der Mädchenschule, setze mich Elisabeth direkt gegenüber und ziehe einen zweiten Stuhl als Lehne heran. Dabei setze ich eine mißvergnügte Miene auf, teils um mir die übrigen Besucher vom Leibe zu halten, teils um sie desto ungenierter fixieren zu können. Übrigens zeigt auch niemand das Bedürfnis, mich anzusprechen. Die Herren der Schulpflege bewegen sich mit unglaublich lächerlicher Wichtigkeit um die Tische, klappen die großen Hefte auf und wieder zu und bemühen sich, ohne die Würde einzubüßen, um die Luftheizung. Elisabeth bleibt vollkommen unbefangen, obwohl ihr mein Benehmen nachgerade

aufgefallen sein muß. Ihre Lektion kann sie ausgezeichnet, wie übrigens alle. Im ganzen berührt mich das Examinieren höchst widerlich, besonders das Aufhalten der Finger, was bei einigen von giftigen Blicken begleitet ist. Ich nehme Elisabeths Aufsatzheft zur Hand und schreibe ihr, da ich gerade einen Bleistift zwischen den Fingern halte, meine Gefühle als Randglossen hinein. Ihre Hefte sind nicht allzu sauber, die Schreibweise ist stellenweise eigenartig. Ich lese einen ganzen Aufsatz über eine Ferienreise. Darauf entferne ich mich, wie ich glaube, mit Effekt; es ist mir übrigens gleichgültig. Im Saal nebenan sehe ich noch ihre geometrischen Zeichnungen an, die auch nicht allzu geometrisch sind. Ich freue mich schon darauf, auch sie zum Narren zu halten. Die Heiratsgedanken sind verschwunden. Der alte Gerichtspräsident als Schwiegerpapa hat alle Anziehungskraft für mich verloren, und sie als gefeierte Gefährtin nicht minder. Am Abend arbeite ich in meinem Turmzimmer. Da kommt der alte Bautz, der Goldige, die Pusi, und miaut vor der Tür. Ich antworte. Da ich aber nicht sofort öffne, beginnt sie an der Tür zu kratzen. Gestern hat sie es ebenso gemacht. Als ich sie dann hereinließ, ging sie direkt auf meinen Wandschrank zu und versuchte, ihn mit der Pfote zu öffnen. Ich lasse sie herein, sie geht auf den Schrank zu, steigt behutsam in das unterste Fach, macht es sich auf meinen symbolistischen Manuskripten bequem und knurrt. Ich lehne die Tür etwas vor, damit nicht das volle Licht hineinfällt. Nach einer Weile beginnt sie, sich zu drehen und zu krümmen. Sie ächzt und schnurrt, biegt sich rückwärts und leckt sich. Darauf ein straffes, regelmäßig wiederkehrendes Spannen des Körpers. Bisweilen schnappt sie nach den zur Seite aufgestapelten Gedichten. Dann dirigiert sie das erste mit dem Maul heraus. Ich höre sie etwas verspeisen und sehe, wie sie heftig zubeißt. Die Prozedur wiederholt sich fünfmal. Die Entbindung dauert eine gute Stunde. Nachdem sie die Jungen gehörig abgeleckt, beginnen sie zu piepsen. Ich hole meine Mandoline und trage ihnen Brahms' Schlummerlied vor. Jetzt ist es halb vier. Ein feuchter erfrischender Wind weht voll zum offenen Fenster herein. Im ganzen Schloß klappen Türen und Fensterläden, und in den alten Linden rauscht es wie ferne Brandung.

Der erste Schritt

Fragment

Warum soll ich in der dritten Person erzählen, was mir in der ersten begegnet ist. Der Leser wird sich vielleicht bekreuzigen vor dem Erzähler, aber das ist immer noch besser, als wenn er gähnt. Zudem ist die Geschichte ja auch nicht so außerordentlich. Es gibt Leute genug, denen sie passiert ist und die mich daraufhin kontrollieren können, ob ich die Wahrheit sage. Für den einen ist sie entscheidend, für den andern nicht. Was sie für mich sein wird, weiß ich heute noch nicht.

Es war gestern abend, als ich im Restaurant bezahlte, zählte ich meine Habe. Ich hatte noch einen Louisdor und einige Soustücke. Ich rechnete aus, wie lange das noch reicht. Höchstens vier Tage. Und dann? – Sehet die Lilien auf dem Felde, sagte ich mir. Sie säen nicht, sie ernten nicht, und unser himmlischer Vater nährt sie doch.

Sollte ich nach Hause gehen? – Was tun? Geld verdienen! – Aber bis der Louisdor zu Ende war, konnte das Geld, das ich mir verdienen wollte, unmöglich eingetroffen sein. Ich war übrigens in ausgezeichneter Stimmung. Ich fühlte so frisch und frei. So beschloß ich denn, auf Abenteuer auszuziehen. Ich ging über den Pont St. Michel zur Opéra Comique und sah mir das Publikum an, das hineinströmte, um ›Carmen‹ zu hören. Nachdem mir das zu langweilig geworden, ging ich die Rue St. Antoine hinaus. Aber es war Sonntag, und das Publikum entbehrte jeglicher Distinktion. Kleine Bourgeois mit Kind und Kegel, Rotten betrunkener Ladenburschen, Sonntagsradfahrer, alles von oben bis unten in Schwarz, alles aus geordneten Verhältnissen kommend; nichts, was gleich mir dem Glücke die Hand bieten, etwas Außerordentliches erleben wollte und bereit war, alles auf eine Karte zu setzen. Ich fühlte mich nicht zu Hause. An einer Laterne zeigte ein Transparent nach der nächsten Volksbibliothek, die bis zehn Uhr geöffnet sein sollte. Aber als ich hingelangte, fand ich die Tür verschlossen. Indessen gärte etwas in mir. Ich fühlte es wie Wehen vor einer Geburt; mir war, als könnte ich heute abend etwas noch nie Dagewesenes schreiben, etwas, das, so klein es werden mochte, die Welt in Erstaunen setzen mußte und mich durch irgendeine wunderbare Verknüpfung aus meiner verzweifelten Lage erlösen konnte. So setzte ich mich denn auf der Place de la Bastille aufs Imperial und fuhr trotz der Abneigung, die ich gegen meine Wohnung hege, nach der Rue Monsieur le Prince.

Auf meinem Zimmer zündete ich zwei Kerzen an, schob das Papier zurecht, warf mich in meinen Lehnsessel und tauchte die Feder ein. So saß ich drei Stunden. Was sollte ich denn auch schreiben? Wird denn nicht schon genug geschrieben in dieser Welt? Und habe ich selber nicht genug geschrieben? Wenn es niemand lesen will, werde ich dem etwa abhelfen, wenn ich noch mehr dazu schreibe? Werde ich in vier Tagen zu essen haben, wenn ich meine Zeit derweil mit Schreiben vertrödle? Das ist nicht die Art, wie sich der Mensch heutzutage zur Geltung bringt. Man muß handeln, etwas in Szene setzen, selber unter die Menge treten und sagen: Da bin ich. Wie gut hat es doch ein Maler, der sich mit seinem Bild aufs Trottoir stellen kann; oder gar ein Musiker, der dem ganzen Hause die Ohren volltrommelt. Und dabei das Sinnberückende, das in der Musik liegt. Was ist das schönste Liebesgedicht an elementarer Kraft gegen die schmachtenden, flehenden, aufregenden, überwältigenden Laute, die der Violinist einer einzigen Saite entlockt. Warum, warum habe ich nicht Geige spielen gelernt.

Und dabei tauchte ein Blondköpfchen mit blauen Augen vor mir auf, eine echte Teufelschönheit, wie die Franzosen sagen, ein Kind, dem sich das Laster nur mit seinen Reizen ins Antlitz geschrieben, ein Geschöpfchen, das der Himmel nicht zur Gattin, nicht zur Mutter, sondern zur Sünde geschaffen und für das es schade wäre, hätte es einen anderen Beruf erwählt. Ich sah sie zum erstenmal vor etwa vierzehn Tagen an einem Sonntagnachmittag in Begleitung einer Freundin vor dem Café Vachette. Beide Mädchen trugen Velokostüme. Das der Freundin ist mir so wenig im Gedächtnis geblieben wie die Freundin selber, aber das Blondköpfchen mit den blauen Augen trug helle Lederschuhe, schwarzseidene Strümpfe, weite weiße Beinkleider, hellblaue Blusentaille, einen dunklen Bolero und ein dunkelblaues Strohhütchen, alles elegant und fein, als käme es direkt aus der Puppenfabrik. Ich trat aus dem Café und zündete mir eine Zigarette an, um sie mir genauer ansehen zu können. Warum sie mir gefiel? Nicht ihres reizenden kleinen Fußes in seiner entzückenden Fassung, auch nicht der kindlich schmalen, übereinandergelegten Knöchel wegen. Auch nicht ihrer Figur wegen, die übrigens nichts Außerordentliches aufwies. Auch nicht ihrer Stupsnase wegen, wiewohl ich freilich auf dieser Welt noch keine anderen Nasen geliebt habe als Stupsnasen. Und ihr Mund? Hm. Jedenfalls kam mir das damals noch nicht zum Bewußtsein. Sie gefiel mir instinktiv, weil ich die sterbliche Hülle durchschaute, weil ich auf den ersten Blick ihre Seele erkannt hatte, ihr Temperament, ihre Denk- und Empfindungsweise, ihre Liebhabereien. Sie gefiel mir, weil das Eigenste, das Intimste in mir, was der Mensch in sich hat, das Tier, weil das seine Kompensation witterte. Sie lächelte mir zu. Ich bin kein Geck, wenn ich das niederschreibe. Mir lächelt nicht jede zu. Etwas witterte sie dabei immerhin nicht: meinen leeren Geldbeutel.

Und dann sah ich sie vor vier Tagen wieder, nachts um zwei Uhr im Cafe d'Harcourt. Sie bemühte sich um mich. Sie strich an mir vorbei. Ich hatte mich also nicht getäuscht. Sie war ausgelassen, von einer kindlichen Heiterkeit, anmutig, dabei in ihren Gebärden ihren Begleitern gegenüber um eine Idee unzüchtiger als die übrigen Mädchen. Aber keine Unzucht als Mittel zum Zweck wie bei den ändern, sondern die angeborene Lasterhaftigkeit, die von Herzen kommt und zu Herzen geht. Sie tat sich Gewalt an, um die dicken Spießbürger nicht noch mehr zu skandalisieren. Ich hatte mich in nichts getäuscht. Ich studierte ihren Mund. Er war groß, riesengroß, breit, wenn sie lachte, mit feingezeichneten, aber schmalen Lippen, dahinter zwei Reihen blendender Zähne, jeder Zoll Charakterlosigkeit, ein Mund, der mir alles bestätigte, was ich auf den ersten Blick in der ganzen Erscheinung gelesen. Sie hätte mich gerne mit sich nach Hause genommen. Sie ließ ihre Begleiter im Stich und wartete geduldig, bis der letzte Gast hinaus war. Das war ich. Aber mit mir war mein Schutzengel, mein besseres Ich, die Stimme des Gewissens, das Göttliche im Menschen, das das Tier überwindet und zu Boden hält: mein leerer Geldbeutel.

Diese Erinnerung war es, die mich veranlaßte, als es drüben im Lycée St. Louis Mitternacht schlug, die eingetrocknete Feder beiseite zu legen, meinen Hut aufzusetzen, die Kerzen auszulöschen und ins Café d'Harcourt zu gehen. Nicht daß es mit meiner Tugend schlechter bestellt gewesen wäre als den Abend vorher. Im Gegenteil. Aber ich wollte sie mir noch einmal ansehen. Es herrschen über die sinnlichen Triebe so verkehrte Ansichten in der Welt ...

Über tredition

Eigenes Buch veröffentlichen

tredition wurde 2006 in Hamburg gegründet und hat seither mehrere tausend Buchtitel veröffentlicht. Autoren veröffentlichen in wenigen leichten Schritten gedruckte Bücher, e-Books und audio-Books. tredition hat das Ziel, die beste und fairste Veröffentlichungsmöglichkeit für Autoren zu bieten.

tredition wurde mit der Erkenntnis gegründet, dass nur etwa jedes 200. bei Verlagen eingereichte Manuskript veröffentlicht wird. Dabei hat jedes Buch seinen Markt, also seine Leser. tredition sorgt dafür, dass für jedes Buch die Leserschaft auch erreicht wird.

Im einzigartigen Literatur-Netzwerk von tredition bieten zahlreiche Literatur-Partner (das sind Lektoren, Übersetzer, Hörbuchsprecher und Illustratoren) ihre Dienstleistung an, um Manuskripte zu verbessern oder die Vielfalt zu erhöhen. Autoren vereinbaren direkt mit den Literatur-Partnern die Konditionen ihrer Zusammenarbeit und partizipieren gemeinsam am Erfolg des Buches.

Das gesamte Verlagsprogramm von tredition ist bei allen stationären Buchhandlungen und Online-Buchhändlern wie z. B. Amazon erhältlich. e-Books stehen bei den führenden Online-Portalen (z. B. iBookstore von Apple oder Kindle von Amazon) zum Verkauf.

Einfach leicht ein Buch veröffentlichen: **www.tredition.de**

Eigene Buchreihe oder eigenen Verlag gründen

Seit 2009 bietet tredition sein Verlagskonzept auch als sogenanntes "White-Label" an. Das bedeutet, dass andere Unternehmen, Institutionen und Personen risikofrei und unkompliziert selbst zum Herausgeber von Büchern und Buchreihen unter eigener Marke werden können. tredition übernimmt dabei das komplette Herstellungs- und Distributionsrisiko.

Zahlreiche Zeitschriften-, Zeitungs- und Buchverlage, Universitäten, Forschungseinrichtungen u.v.m. nutzen diese Dienstleistung von tredition, um unter eigener Marke ohne Risiko Bücher zu verlegen.

Alle Informationen im Internet: **www.tredition.de/fuer-verlage**

tredition wurde mit mehreren Innovationspreisen ausgezeichnet, u. a. mit dem Webfuture Award und dem Innovationspreis der Buch Digitale.

tredition ist Mitglied im Börsenverein des Deutschen Buchhandels.

Dieses Werk elektronisch lesen

Dieses Werk ist Teil der Gutenberg-DE Edition DVD. Diese enthält das komplette Archiv des Projekt Gutenberg-DE. Die DVD ist im Internet erhältlich auf **http://gutenbergshop.abc.de**